# Nicky Farago

# MAFIAKRIEG

## Gefährliches Begehren

Roman

# Nicky Farago

# MAFIAKRIEG

## Gefährliches Begehren

Roman

ISBN: 9-783759-743053



Herstellung und Verlag: BoD – Books on Demand, Norderstedt

# Triggerwarnung

Liebe Leser,

dieses Buch enthält potenziell

triggernde Inhalte in Form von

Gewalt und Vergewaltigung.

# Kapitel 1

*Giulia*

Verwundert blickte ich auf den schwarzen Geländewagen mit getönten Scheiben, der direkt vor dem Museum parkte. Zwei gut gebaute Männer standen daneben. Einer davon kam mir bekannt vor. Instinktiv wusste ich, dass sie zu mir wollten. Tatsächlich beäugten Sie mich und kamen auf mich zu.

»Signora, Sie müssen mitkommen«, sagte einer der beiden.

»Was ist denn los?«

Der Größere mit dem mir bekannten Gesicht zeigte zum Wagen. »Der Boss schickt uns. Es ist dringend.«

Mit *Boss* war Lorenzo gemeint. Seit fast einem Jahr waren wir ein Paar. In der Zeit hatte er mich lediglich zwei Mal abholen lassen, es aber vorher immer mit mir besprochen.

Stirnrunzelnd ging ich mit ihnen zum Auto und setzte mich auf den Rücksitz. Die Männer fuhren sofort los. An der Geschwindigkeit erkannte ich, dass es tatsächlich eilte. Besorgt sah ich zu ihnen.

»Geht es Lorenzo gut?«

»Ja, Signora.«

Augenverdrehend beugte ich mich nach vorne. »Bitte, nennen Sie mich nicht so. Ich bin fünfundzwanzig Jahre alt und noch dazu unverheiratet.«

»Sie sind die Frau des Bosses.«

Schnaubend lehnte ich mich zurück gegen den Sitz. Es war zwecklos. Obwohl ich Lorenzos Antrag vor über einem Monat noch nicht angenommen hatte, sahen mich seine Leute bereits als seine Frau an. Ich wusste, dass sich mein Leben von Grund auf ändern würde, sollte ich den Antrag annehmen. Obwohl ich ihn liebte, dazu war ich nicht bereit.

Mit hoher Geschwindigkeit rasten wir über das holprige Kopfsteinpflaster in den engen Straßen von Tropea. Seit anderthalb Jahren war dies meine Heimat. Die Stadt in Süditalien verzauberte mich sofort, als ich aus Mailand ankam. Nach meinem Archäologie-Studium bot man mir eine Stelle im hiesigen Museum an. Ich reinigte und pflegte Meeresschätze. Das war schon immer meine Leidenschaft gewesen. Hals über Kopf war ich abgereist.

Seit mein Vater gestorben war, hatte ich niemanden mehr außer meiner Stiefmutter. Das Verhältnis zu ihr war schon immer schwierig gewesen. Weshalb mich nichts in Mailand hielt.

Mein Blick schweifte nach draußen. Wir fuhren mittlerweile an der Küste entlang. Das türkis glitzernde Meer hatte etwas Magisches an sich. In der Ferne sah ich die Kirche Santa Maria. Die Jahrhunderte alte Kirche thronte auf einem Felsen. Sie war nur eine der Schätze, die Tropea bot, aber eine sehr eindrucksvolle.

Kurz darauf waren wir bei Lorenzo angekommen. Ich sah ihn draußen mit ein paar Männern reden. Rasch stieg ich aus dem Wagen.

Die Art, wie seine maßgeschneiderte Anzugshose sich an seine Beine und seinen Hintern schmiegte, war extrem anziehend. Mit einem breiten Lächeln ging ich auf ihn zu, hielt aber inne, als er sich umdrehte und ich seinen mürrischen Gesichtsausdruck sah.

Schnellen Schrittes kam er auf mich zu. Am Arm zog er mich zur Seite.

»Du hast mich nicht angerufen.«

Verwirrt zog ich die Brauen zusammen. »Sollte ich das?«

»Wenn zwei Männer dich in meinem Namen abholen, solltest du mich zumindest anrufen und fragen, ob ich sie tatsächlich geschickt habe!«

»Der eine kam mir bekannt vor. Ich dachte mir, dass es deine Männer sind.«

Aufgebracht sah er mich an. »Es ist mir egal, ob sie dir bekannt vorkommen. Ruf mich zukünftig an!«

Dass er so gereizt mit mir umging, war ungewöhnlich. Lorenzo war nicht nur nett zu mir, er war der perfekte Gentleman.

»Ist alles in Ordnung mit dir?«

Gehetzt drehte er sich zu den Männern, mit denen er sich vor meiner Ankunft unterhalten hatte.

»Wo bleibt er denn? Er sollte gleich kommen!«, rief er ihnen zu und sie hasteten hinein.

»Lorenzo, was ist denn los?«

Sein Ausdruck wurde weicher. Mit seinen Händen strich er mir über die Arme.

»Hör zu, Liebes. Es ist etwas vorgefallen und ich wünsche mir, dass du dich in Sicherheit begibst.«

Schockiert riss ich die Augen auf und stolperte ein paar Schritte zurück.

»Wovon redest du?«

»Der Sohn eines mächtigen Mannes ist heute Nacht gestorben. Es ist in meinem Club unter meinen Drogen passiert.«

Wie von selbst schoss meine Hand zu meinem Mund. Er ließ mir Zeit, seine Worte zu verinnerlichen, obwohl er offensichtlich unter Zeitdruck stand.

»Aber was habe ich denn damit zu tun?!«

»Nichts Schatz, nichts. Nur wird sich dieser Mann möglicherweise an mir rächen wollen und ich werde kein Risiko eingehen. Jeder in der Stadt weiß, wie sehr ich an dir hänge. Und da ich keine Familienangehörigen mehr habe, wirst du vermutlich sein erstes Ziel sein.«

Meine Augenbrauen berührten fast meinen Haaransatz. »Das ist ein Scherz, oder?«

Als er den Kopf schüttelte, drehte ich mich aufgebracht weg. Mit den Händen an den Hüften ging ich ein paar Schritte zur Seite. Ein paar Augenblicke später wandte ich mich ihm jedoch wieder zu.

»Ich lebe mein eigenes Leben! Ich habe meine Arbeit und meine Wohnung. Deinen Antrag habe ich nicht angenommen, damit das so bleibt! Ich wollte mit diesem ganzen Mist nichts zu tun haben, und jetzt erzählst du mir, ich hätte eine Zielscheibe auf dem Rücken?!«

Verstimmt kam er auf mich zu. »Ich dachte, du hättest den Antrag nur nicht gleich angenommen, weil du zuerst dein Projekt beenden wolltest.«

Entschuldigend sah ich ihn an. »Ja, das auch … Aber versteh doch, es fällt mir schwer, mich mit dem, was du tust, anzufreunden. Du musst mir Zeit geben.«

»Es ist nicht der passende Moment, um das auszudiskutieren, denn eins steht fest, du *bist* mit mir zusammen. Dass wir nicht verlobt sind, ändert nichts an der Tatsache, dass du dich in Gefahr befindest.«

Schnaubend sah ich zur Seite. »Wer ist dieser Mann und was soll er überhaupt gegen dich ausrichten?« Ich war mir Lorenzos Macht mittlerweile sehr wohl bewusst. Es war schwer vorstellbar, dass sich jemand mit ihm anlegen würde.

»Er heißt Armando. Ein Boss aus Neapel. Er ist lange nicht so gefährlich wie ich, das stimmt, aber er trauert und ist wütend. Solche Menschen können unberechenbar werden. Ich sage ja nicht, dass es so kommt. Ich möchte nur kein Risiko eingehen. Es ist nur für eine Woche, vielleicht zwei. Nur bis ich in Erfahrung gebracht habe, ob er etwas plant.«

»Aber wo soll ich denn hin?«

»Raul wird dich an einen sicheren Ort bringen und auf dich aufpassen.«

Er sagte es so schnell, dass ich den Eindruck bekam, er würde dadurch verhindern wollen, dass ich den Namen, den er ausgesprochen hatte, hörte. Hatte ich aber nicht.

»Raul? Dein Killer? Meinst du etwa diesen Raul?«

Wieder legte er seine Hände auf meine Schultern. »Schatz, ich weiß, du magst ihn nicht besonders, aber er ist mein bester Mann. Keinem anderen würde ich dein Leben anvertrauen.«

»Ich mag ihn nicht besonders?« Lachend schüttelte ich den Kopf. Ich wusste, in was für einer Welt ich verkehrte, und obwohl ich mit dem Boss höchstpersönlich liiert war, wurde es mir immer erst richtig bewusst, wenn ich Raul sah. »Er ist ein wortkarger, dauermissgelaunter, kaltblütiger Killer!«

Als hätte ich ihn herbeigerufen, sah ich ihn aus dem Haus schlendern. Jemand reichte ihm einen Autoschlüssel. Unter seiner Lederjacke erkannte ich zwei Waffen. Die Sonnenbrille verdeckte wie so oft seine olivgrünen Augen, aber ich wusste, dass er mich ansah. Selbst durch die Brille brannte sich sein Blick durch mich hindurch.

Panisch wandte ich mich Lorenzo wieder zu. »Bitte! Wenn er mich schon begleiten muss, dann lass wenigstens einen deiner normalen Männer mit uns gehen!«

»Das geht nicht. Es sind zwar meine Männer, aber ich vertraue keinem zu hundert Prozent. Keinem außer Raul. Wenn sehr viel Geld ins Spiel kommt, könnten die meisten käuflich werden.«

Mit zusammengebissenen Zähnen fuhr ich mir mit den Händen über das Gesicht. Lorenzo schnappte sich meine Handgelenke, nahm meine Hände herunter und zog mich an sich. »Ich verspreche dir, ich werde es wieder gut machen.«

Zischend drehte ich mein Gesicht weg und er lachte. Dann nahm er mein Kinn und zwang meinen Kopf zurück. »Liebst du mich?«, fragte er lächelnd.

»Im Moment etwas weniger!«

Sein Gesicht hatte etwas Strahlendes, wenn er lächelte. Seine haselnussbraunen Augen musterten mich amüsiert, und ich konnte nicht anders, als zurückzulächeln.

»Natürlich liebe ich dich.«

Sein Kuss ließ einen Schauer über meinen Körper fahren. Obwohl es eilte, diese Zeit nahm er sich. Die Zeit, um mich daran zu erinnern, wieso ich ihn liebte.

»Du musst los«, hauchte er mir irgendwann zu und ich blickte zurück zu Raul. Er saß bereits im Wagen. Es war ein schwarzes SUV.

»Ich habe keine Sachen dabei.«

Immer noch lächelnd steckte er mir eine Haarsträhne hinters Ohr.

»Man hat Sachen für dich besorgt. Sie sind bereits im Kofferraum.«

»Was ist mit meiner Arbeit?«

»Du wirst krankgemeldet.«

Lorenzo nahm meine Hand und führte mich zur Beifahrerseite des Wagens. Dann öffnete er die Hintertür, nahm mein Kinn und drückte mir einen letzten Kuss auf den Mund.

»Es wird alles gut werden. Bevor du dich versiehst, bewunderst du weiterhin irgendwelche Bronzen aus dem Meer.«

Missgelaunt stieg ich ein, und sobald die Tür zugeschlagen wurde, meldete sich dazu noch die Angst.

Raul fuhr sofort los. Als wir das Tor passierten, beschleunigte er das Tempo.

# Kapitel 2

*Giulia*

Wir waren noch nicht lange unterwegs, da fragte Raul mich nach meinem Handy.

Verwirrt sah ich zu ihm. Zum einen, weil er noch nie vorher mit mir gesprochen hatte und auch sonst nicht viel sagte, zum anderen, weil ich mich fragte, was er mit meinem Handy wollte. Als er mich durch den Rückspiegel unter seiner Sonnenbrille hindurch anblickte, schauderte ich.

»Gib es her.« Er klang ungeduldig.

Ich wusste nicht, was er damit wollte, aber ich reichte es ihm. Als er sein Fenster öffnete, ahnte ich nichts Gutes.

*Er würde doch nicht …*

Entsetzt riss ich die Augen auf, als er es mit voller Wucht durchs Fenster schleuderte. Am liebsten hätte ich ihn angeschrien, aber das war Lorenzos Killer. Meine Stimme zu erheben, traute ich mich nicht.

»Wieso hast du das getan?«, fragte ich trotzdem.

»Es hätte geortet werden können.«

Schnaubend schloss ich für einen Atemzug die Augen. Am meisten daran nervte mich, dass ich das spannende Buch am Vorabend nicht zu Ende gelesen hatte. Außerdem war es ein komisches Gefühl, nicht mehr erreichbar zu sein. Lorenzo würde sich zwar darum kümmern, mich krankmelden zu lassen, aber meine Kollegen wussten, dass sie selbst dann immer auf mich zählen konnten.

Als wir den Straßen am Meer entlang folgten, blickte ich auf das azurblaue Wunder vor mir. Es hatte die Macht, mich gedanklich für ein paar Augenblicke aus der prekären Situation, in der ich mich befand, zu reißen. Es war beruhigend. Die kleinen Fischerdörfer, die wir passierten, weckten den Wunsch in mir, in eines dieser Boote zu steigen und mich von den leichten Wellen treiben zu lassen.

Ein lautes Hupen riss mich ins Hier und Jetzt zurück. Ich blickte nach vorne und sah, wie knapp Raul an den parkenden Autos und an denen, die uns entgegenkamen, vorbeifuhr. Ich hätte bei dieser Geschwindigkeit bereits einen Unfall verursacht.

»Musst du so schnell fahren?«

Raul sagte nichts. Wieder sah er mich durch den Rückspiegel an, blickte aber schnell wieder nach vorne.

Wenn das mal nicht ein gesprächiger Aufenthalt werden würde!

Mein Blick fuhr zu seinen Händen, die das Lenkrad umklammerten. Wie der Rest von ihm sahen auch diese stark und perfekt aus. Aber ich sah nur rot, als ich sie anblickte.

Unvermittelt musste ich an das erste Mal denken, als ich Raul begegnet war. Ich war sechs Monate mit Lorenzo zusammen gewesen, als er mich zum ersten Mal mit zu sich nach Hause nahm. Kurz zuvor hatte er mir erzählt, was er wirklich tat.

Wie drückte er es aus?

*„Weißt du, Liebling, ich bin nicht wirklich ein Geschäftsmann ...«*

*„Ach nein?"*

*„Schon, aber ... Was ich tue, ist nicht immer ganz legal."*

Das war die Untertreibung des Jahrhunderts gewesen. Nichts, aber auch wirklich nichts von dem, was er tat, war legal!

Ich trennte mich für ein paar Tage von ihm, vermisste ihn aber so sehr, dass ich ihm nach dem zehnten Blumenstrauß eine weitere Chance gab. Wie die meisten naiven

Mädchen dachte auch ich, er würde sich meinetwegen ändern.

Wir waren zu ihm gefahren. Mit offenem Mund hatte ich auf das riesige Anwesen gestarrt. Wir waren sage und schreibe über drei Minuten vom Tor bis zur Haustür gefahren. Um den … wie nenne ich es bloß … Palast? Schloss? herum gab es gepflegte Gärten. Bunte Blumen und Sträucher in kunstvollen Schnitten säumten das große Areal. Hin und wieder hatte ich eine Skulptur oder einen Brunnen entdeckt. Aber das große Staunen kam erst, als wir das Haus betraten. Meterhohe Decken, riesige Kristalllüster und Möbel, die so teuer aussahen, dass ich Angst bekam, sie allein mit meinem Blick zu beschädigen.

Dann war eine der Türen aufgegangen und ein großer, attraktiver Mann war auf uns zugekommen. Er sah mich nur einen Augenblick lang an. Ich war so von seinen Augen gefesselt gewesen, dass mir das Tuch in seinen Händen zuerst nicht aufgefallen war. Als ich darauf blickte, erkannte ich, dass er sich damit die Hände abwischte. Sie waren rot gewesen.

Kurz darauf waren ein paar Männer mit einem in Folie eingewickelten, blutigen Etwas aus dem Raum gekommen.

Bei der Erinnerung daran erschauderte ich erneut.

Immer wenn Lorenzo ernsthafte Probleme hatte, hörte ich ihn dasselbe sagen. Raul soll das klären. Ohne dass er es aussprechen musste, verstand ich, dass es sich bei dem Mann um seinen Vollstrecker handelte. Die Personifikation von allem, was mir Angst machte. Die pure Gewalt. Wäre er kein Killer, hätten die Frauen vermutlich Schlange bei ihm gestanden.

Um die Erinnerungen abzuschütteln, sah ich aus dem Fenster. Wir nahmen die Schnellstraße Richtung Reggio Calabria. Ich war nur zwei Mal in der heimlichen

Hauptstadt von Kalabrien gewesen. An schönen Tagen konnte man von dort aus einen Blick auf Sizilien erhaschen. Aber vor allem befanden sich dort die Bronzen von Riace. Zwei überlebensgroße Statuen, die im Meer gefunden worden waren. Ein Traum für mich.

Wieder sah ich nach vorne zu meinem Begleiter.

»Kannst du mir zumindest sagen, wo genau wir hinfahren?«

Er blickte mich nicht an. Ich dachte bereits, dass er nicht antworten würde, aber dann tat er es.

»Reggio. Wir nehmen die Fähre nach Tunesien.«

Überrascht riss ich die Augen auf. »Tunesien? Ist das nicht ein wenig überzogen?«

Durch den Rückspiegel sah er mich an, sagte aber nichts. Anders als bei den meisten konnte man bei ihm nicht einmal ahnen, was er dachte. Eins war sicher. Er würde einen guten Pokerspieler abgeben.

Wir bräuchten sicher noch eine Stunde nach Reggio Calabria. Schon jetzt kam mir die Fahrt unendlich lang vor. Die Fahrt mit der Fähre würde nochmal um die zehn Stunden dauern! Wie zum Teufel sollte ich diese Reise und die Zeit danach mit diesem wortkargen Mann aushalten?

»Könntest du bitte das Radio einschalten?«

»Nein.«

Die Antwort war aber zügig gekommen.

»Wieso nicht?«

»Weil ich es sage.«

Entsetzt sah ich ihn an. »Können wir dann wenigstens an einer Tankstelle halten, damit ich mir eine Zeitschrift kaufen kann?«

Schnaubend riss er das Handschuhfach auf, zog etwas heraus und warf es mir auf den Schoß.

Als ich darauf blickte, runzelte ich verwirrt die Stirn. »Das ist die Bedienungsanleitung für den Wagen. Was soll ich damit?«

Wieder sah er mich nur kurz durch den Spiegel an und sagte nichts.

»Soll das etwa ein Ersatz für meine Zeitschrift sein?«

Schnaubend verdrehte ich die Augen. »Außerdem habe ich Hunger. Es ist bereits sechzehn Uhr und ich hatte kein Mittagessen.«

Als er seine Hand erneut zum Handschuhfach bewegte, unterbrach ich ihn.

»Vergiss es! Was auch immer du da drin hast, behalt es!«

Seinen Essensersatz wollte ich erst gar nicht sehen!

Aufgebracht drehte ich mich zum Fenster. Eine Zeitlang blickte ich hinaus und dachte an Lorenzo. Obwohl er gesagt hatte, dass dieser Mann es möglicherweise auf mich absehen würde, machte ich mir Sorgen um ihn. Was, wenn ihm selbst etwas passierte? Der Gedanke machte mich kurz panisch. Andererseits wusste ich, wie mächtig er war. Allein der Gedanke, dass sich jemand mit ihm anlegen würde, war absurd. Er übertrieb sicher mal wieder. Das tat er immer, wenn es um mich ging. Nachdem ich nicht bei ihm einziehen wollte, hatte er versucht, mir einen Fahrer aufzuschwatzen. Es war tagelang ein Streitthema zwischen uns gewesen.

Irgendwann lehnte ich meinen Kopf an die Scheibe und schloss die Augen.

Als das Auto anhielt, schreckte ich aus einem leichten Schlaf auf. Wir waren am Hafen. Da Raul ausstieg, tat ich es auch. Die Fähre war noch nicht da. Zuallererst streckte ich mich, hielt aber in der Bewegung inne, als Raul neben mir auftauchte.

Ich beobachtete, wie er seine Sonnenbrille abnahm und die Beifahrertür öffnete. Er bückte sich hinunter, um etwas aus dem Handschuhfach zu holen. Als er sich wieder aufrichtete, hielt er ein Brötchen mit Mortadella in den Händen. Er schälte es aus der Folie und biss herzhaft hinein. Dieses Mal sah er mich sehr wohl an. Ohne nachzusehen, wusste ich, dass es das einzige Brötchen gewesen war. Entsetzt riss ich sekundenlang die Augen auf.

*So ein Scheißkerl!*

Es war nur eine minimale Bewegung seiner Lippe, aber ich erkannte den Ansatz eines Grinsens.

»Du wolltest es nicht«, sagte er.

Sprachlos sah ich ihn an und er starrte mitleidlos zurück. Da mir die Worte fehlten, setzte ich mich mit knurrendem Magen zurück in den Wagen und sah gekränkt zur anderen Seite. Aber nur kurz. Entsetzen und Neugier zogen meinen Blick immer wieder zu ihm.

Als er aufgegessen hatte, drehte er sich weg, zog sein Handy aus der Hosentasche heraus und telefonierte. Unvermittelt fragte ich mich, wieso er ein Handy haben durfte.

Ich nahm mir vor, ihn zu fragen, obwohl ich davon ausging, dass sich seine Antwort auf einen seiner Pokerblicke beschränken würde.

Durch das Fenster beobachtete ich ihn. Er ging ein paar Schritte nach vorne und obwohl er sprach, sah er immer noch wachsam aus. Keiner würde unbeobachtet an mich herankommen.

Wie von selbst fiel mein Blick auf seinen Hintern.

*Sehr knackig!*

Weil er sich umdrehte, sah ich schnell weg. Durch den Augenwinkel bekam ich mit, dass er auf das Auto zukam.

Er zog meine Tür auf, reichte mir das Telefon und sobald ich es ergriffen hatte, schloss er sie wieder.

Überrascht ging ich ran.

»Ciao Amore. Wie geht es dir?«

»Lorenzo! Alles gut bei dir?«

»Ja, mach dir keine Sorgen um mich. Mir wird nichts passieren. Wie sieht es bei dir aus?«

Ich blickte nach unten und schnaubte.

»Wie soll es schon aussehen? Ich mache mir Sorgen um dich. Außerdem weiß ich nicht, wie es auf der Arbeit ankommt, dass ich gerade jetzt, wo wir so viel zu tun haben, ausfalle. Noch dazu ist mir langweilig.«

Lorenzos Lachen zu hören, ließ mich ihn noch mehr vermissen.

»Jetzt schon? Du bist doch gerade erst los.«

»Ich weiß. Es ist nur … ich habe kein Handy mehr. Dein Mann hat es nämlich aus dem Fenster geworfen. Ich durfte weder eine Zeitschrift kaufen, noch spricht dieser Kerl mit mir. Er wollte nicht einmal das Radio einschalten! Ich habe überhaupt keine Ablenkungsmöglichkeiten.«

Wieder lachte er.

»Er muss konzentriert seine Umgebung wahrnehmen können. Raul ist sehr gründlich. Deswegen ist er der Beste. Und das mit dem Handy macht Sinn. Es hätte geortet werden können. Ich hätte selbst daran denken müssen. Mach dir bitte keine Sorgen um mich oder die Arbeit. Es ist alles in Ordnung.«

Traurig sah ich durch das Fenster. Raul hielt sich nach wie vor neben dem Auto auf. Er wollte uns vermutlich etwas Privatsphäre gönnen.

»Ich vermisse dich, Lorenzo.«

»Ich dich doch auch, mein Liebling. Halte noch ein wenig durch, okay? Übrigens, du wirst die Nacht leider im Auto schlafen müssen. Eine Kabine wäre zu riskant. Raul hätte kein Auge mehr auf die Umgebung. Und du musst bei ihm bleiben. Sobald ihr angekommen seid, bekommst du ein schönes Bett. Ich muss jetzt los. Ich melde mich aber bald wieder. Kannst du ihn mir nochmal geben?«

»Ja, warte. Ich liebe dich, Schatz.«

»Ich dich auch.«

Mit dem Handy in der Hand stieg ich aus. Raul kam sofort auf mich zu. Er nahm das Telefon entgegen und zeigte zum Wagen.

»Steig wieder ein. Wir fahren.«

Während ich mich reinsetzte, blieb er noch draußen und sprach mit Lorenzo. Es waren nur wenige Minuten vergangen, da setzte er sich wieder hinters Steuer und fuhr zur eintreffenden Fähre.

Langsam wurde es dunkel. Geschickt manövrierte er den Wagen auf das Parkdeck. Zuerst blieb er sitzen, dann stieg er wortlos aus. Er lehnte sich an das Geländer zwei Meter vom Auto entfernt und blickte auf das Meer hinaus.

Kurz sah ich mich im Wagen um. Ich war nicht müde, also stieg auch ich aus.

Die Luft tat gut. Es war mittlerweile dunkel und obwohl wir uns auf dem offenen Meer befanden, war es nicht wirklich kalt. Ich sah, wie Raul eine Zigarettenschachtel aus der Innentasche seiner Jacke zog und sich eine Zigarette anzündete.

»Du wolltest reden? Dann rede«, sagte er, ohne mich anzusehen.

*Scheiße.*

Lorenzo hatte ihm vermutlich erzählt, was ich gesagt hatte.

Etwas verunsichert, weil ich nicht wusste, ob er böse auf mich war, näherte ich mich, hielt jedoch etwas Abstand.

»Wieso darfst du ein Handy haben und ich nicht?«

Er sah mich nach wie vor nicht an.

»Lorenzo und ich haben umgerüstete Handys. Sie laufen über private Netzwerke.«

Nachdenklich nickte ich. Ganz so, als würde das Sinn ergeben. In Wahrheit verstand ich gar nichts.

»Wieso bekomme ich nicht auch so eins?«

Als er seinen Kopf auf die andere Seite drehte, hatte ich bereits gesehen, dass er fast gelacht hätte.

»So etwas ist sehr teuer. Du brauchst das nicht.«

Am liebsten hätte ich ihm tausende Fragen gestellt. Man stand schließlich nicht jeden Tag neben einem Killer, aber ich ließ es bleiben. Eine einfache Konversation zu führen wäre großartig gewesen. Dafür war er aber der Falsche. Beidseitig inkompatibel.

# Kapitel 3

*Raul*

Giulia stand neben mir. Ihre Unsicherheit war mit Händen greifbar. Sie fürchtete mich. Das wusste ich schon lange und mal ehrlich, wer konnte ihr das verübeln? Selbst die abgebrühtesten Frauen hatten Angst vor mir, und bei dieser hier handelte es sich um ein besonders naives Exemplar.

Ohne hinzusehen wusste ich, dass sie Fragen hatte, die sie nicht stellte. Es waren die Fragen, die ich in den Augen aller Frauen und manch einem Mann erkannte, die sie aber nie aussprachen.

Lorenzo hatte mich gebeten, sie ein wenig zu unterhalten. Als ich ihm sagte, dass das wohl kaum zu meinen Aufgaben gehörte, bat er mich, zumindest mit ihr zu reden. Ihr wäre langweilig. Ohne es sie sehen zu lassen, verdrehte ich die Augen. Das fehlte mir gerade noch! Armando würde versuchen, sie in die Hände zu bekommen. Dass ich sie am Leben halten würde, reichte der Dame wohl nicht.

Das mit dem Brötchen war aber zugegebenermaßen witzig gewesen. Ihr Gesichtsausdruck, als ich reingebissen hatte, war unbezahlbar! Ein Anflug von schlechtem Gewissen überkam mich und ich sah zu ihr.

»Komm. Wir gehen dir etwas zu Essen besorgen.«

Überrascht folgte sie mir. Hielt aber immer einen gewissen Abstand.

Ich kannte diese Fähre wie meine Westentasche. Lorenzo bezog einen Teil seiner Drogen aus Tunesien und ich war derjenige, der die wichtigen Gespräche für ihn führte.

Drinnen angekommen führte ich sie zu dem kleinen Restaurant.

»Bestell dir etwas auf die Hand, denn du wirst im Auto essen.«

Ich wollte es vermeiden, uns zu lange auf den Präsentierteller zu setzen. Irgendwer hätte mich erkennen können.

Schnaubend verdrehte sie die Augen, aber sie gehorchte.

»Es wird im Auto nach Pizza riechen, wenn ich fertig bin. Nicht sehr angenehm, wenn ich darin auch noch schlafen soll.«

»Na dann wirst du eben neben dem Auto essen.« Wieder schnaubte sie. Nicht nur naiv, sie war noch dazu ein extrem nerviges Exemplar. Wie hielt Lorenzo es bloß mit ihr aus? Sie war sexy, keine Frage. Ich brauchte sie dafür gar nicht anzusehen. Das erkannte ich sofort, als Enzo sie das erste Mal mitbrachte. Aber es gab viele sexy Frauen. Wieso zum Teufel musste er sich ausgerechnet eine aussuchen, die nichts, aber auch wirklich nichts mit unserer Welt zu tun hatte?

Damit es schneller ging, winkte ich den Angestellten heran und gab ihm ein paar Scheine. »Wir haben es eilig.«

Leise lachend sah er mich an. »Eilig? Sie können hier nirgendwo …«

Meine finstere Miene unterbrach ihn. Mit ernstem Ausdruck nickte er und ging nach hinten. Vielleicht hatte er auch einen Blick auf meine Waffe erspäht.

Ziemlich zügig kam er mit dem Essen zurück. Giulia nahm es in Empfang und wir gingen zum Auto.

Draußen war es stockdunkel. Ich öffnete den Kofferraum und holte eine kleine batteriebetriebene Lampe heraus. Dann stellte ich sie auf die Motorhaube und zeigte darauf.

»Dein Tisch.«

Verdrehte sie etwa schon wieder die Augen? Diese Frau war wirklich nicht zufrieden zu stellen!

»Hätte ich nicht einfach drin essen können?«

»Nein.«

»Wieso nicht?«

»Weil ich es sage.«

Schnaubend sah sie mich an. »Fangen wir wieder mit den doofen Antworten an?«

»Stell mir keine doofen Fragen, dann bekommst du auch keine doofen Antworten.«

Sie wollte weiter argumentieren. Aber ich brauchte sie nur streng anzusehen und schon wurde sie still. Vielleicht hatte Lorenzo doch nicht so danebengegriffen. Sie war zumindest leicht zu kontrollieren. Keine schlechte Eigenschaft für eine Frau.

Als sie fertig war, öffnete ich ihr die hintere Tür. »Schlafenszeit.«

»Ich bin noch nicht müde«, beschwerte sie sich, kam aber trotzdem auf die offene Tür zu und setzte sich.

Nachdem ich ihre Tür zuknallte, setzte ich mich zurück auf den Fahrersitz.

Eine ganze Weile saßen wir schweigend da. Sie hatte sich hingelegt, aber ich wusste, dass sie wach war. Das erkannte ich an ihrer Atmung. Ich lehnte den Kopf an den Sitz und versuchte ein wenig zu entspannen. Augen schließen war nicht drin. Ich ging nicht davon aus, dass Armando bereits Männer hier auf der Fähre hatte. Dazu waren wir zu schnell gewesen. Außerdem wusste keiner, wo wir hinwollten. Keiner außer Lorenzo und mir. Armando würde für so eine Information sehr viel Geld hinblättern. Es hatte also durchaus seine Gründe, weshalb ich niemanden mitnehmen konnte. Der Nachteil war, dass ich pausenlos achtsam sein musste. Normalerweise ließ man sich für eine Rache Zeit, aber ein vor Schmerz blinder Mann fackelte nicht lange. Er würde sofort reagieren.

»Denkst du wirklich, dass der Mann nach mir suchen wird? Ist das Ganze nicht vielleicht ein wenig übertrieben?«

»Sicher wird er das.«

Diese vier Worte brachten sie erneut zum Schweigen. Sie jagten ihr Angst ein, aber es war besser so. Nichts war so mühselig, wie jemanden zu beschützen, der die Gefahr nicht erkannte.

Wegen ihrer ruhigen und gleichmäßigen Atmung erkannte ich irgendwann, dass sie eingeschlafen war. Ich drehte mich zu ihr und sah ihren Brustkorb sich rhythmisch heben und senken. Ihr Gesicht wirkte entspannt. Mit den Händen unter dem Kopf sah sie wie ein kleiner, unschuldiger Engel aus. Ein sehr heißer, unschuldiger Engel.

Nachdenklich drehte ich mich wieder nach vorne. Fünf Stunden noch, dann wären wir am Hafen. Fünf Uhr morgens wäre es dann. Das war eine gute Uhrzeit. Es war noch nicht hell, und vor allem gab es dann wenig Verkehr.

Dreißig Minuten vom Hafen entfernt besaß Enzo ein kleines Häuschen. Dort übernachtete ich immer, wenn ich nach Tunesien kam. Dieses Mal war ich dagegen gewesen. Ich hätte es bevorzugt, ein jungfräulicheres Haus zu nehmen. Aber Enzo war der Meinung, man würde uns in Kalabrien vermuten.

Einige Stunden später sah ich den Hafen von Tunis auf uns zukommen. Es war zu dunkel, um die malerische Promenade zu erspähen. Das hätte ihr bestimmt gefallen, aber sie schlief noch und ich hatte nicht vor, sie zu wecken. Zumindest nicht, bis wir am Haus waren.

Wieder blickte ich nach hinten zu ihr. Ihre langen, hellbraunen Locken verdeckten ein wenig ihr Gesicht. Sie sahen so weich aus. Wie eine sanfte Decke umrahmten sie ihre Wangen. Ganz so, als würden sie diese streicheln.

Es waren nicht sehr viele Autos auf der Fähre, weshalb ich zügig starten konnte. Sobald ich den Motor anließ, sprang sie auf.

»Sind wir da?«

»Fast. Zumindest sind wir in Tunesien.«

Vom Rückspiegel aus sah ich, wie sie ihren Kopf zwischen Tür und Sitz klemmte, um etwas sehen zu können. Sie hätte einfach durch die Mitte blicken können, aber da wäre sie mir wohl zu nahegekommen.

Hatte sie etwa immer noch Angst vor mir? Möglicherweise war ihr nicht bewusst, dass sie gerade über fünf Stunden geschlafen hatte. Mir wären sicher dreißig unterschiedliche Methoden eingefallen, wie ich sie hätte töten können. Hatte ich aber nicht.

Als wir die Fähre verließen, fuhr ich zielstrebig Richtung Haus.

»So langsam müsste ich mal auf die Toilette, wenn du erlaubst.«

*Gott diese Frau!*

Aber ich musste selbst. Ich wollte eigentlich bis zum Haus durch fahren, aber kurz anzuhalten würde auch mir guttun. Also fuhr ich bei der ersten Tankstelle von der Straße. Sobald ich geparkt hatte, stieg sie aus. Sie wollte bereits reingehen, als ich zügig das Auto schloss und nach ihr rief. Sofort blieb sie stehen. Ich sah ihr an, wie eilig sie es hatte, und musste mir ein Schmunzeln verkneifen. Als ich sie erreichte, sah ich sie streng an.

»Du gehst nie wieder einfach vor! Du bleibst immer dort, wo ich bin. Verstanden?«

Eilig nickte sie.

Wir begaben uns hinein und ich holte den Schlüssel für die Toiletten. Ich ging mit ihr um das Gebäude herum zu der Frauentoilette, öffnete und ließ sie eintreten.

»Beeil dich!«, sagte ich noch, dann ließ ich die Tür zufallen. Ich wartete auf sie. Sie brauchte nicht lange, dann folgte sie mir Richtung Männertoilette. Als ich diese Tür geöffnet hatte, gab ich ihr Zeichen, einzutreten. Verwirrt runzelte sie die Stirn und ich sah sie ernst an.

»Du wirst sicher nicht allein hier draußen bleiben also geh schon rein.«

»Soll ich dir etwa beim Pinkeln zusehen?!«

Ungeduldig schnappte ich mir ihren Arm und zog sie hinein. Als die Tür zugefallen war, zeigte ich zur hintersten Ecke.

»Stell dich da hin und dreh dich um.«

»Das ist dein Ernst, oder?«

»Sehe ich etwa aus, als würde ich scherzen?«

Entsetzt drehte sie sich um und ging in die Ecke zwischen Waschbecken und Wand. Sie schloss Augen und Ohren und mir entfuhr ein leises Lachen.

Was das anging, brauchte ich mir bei ihr keine Sorgen zu machen. Sie war so prüde, dass sie niemals zu mir geschaut hätte. Als ich fertig war, ging ich zum Waschbecken und sie drehte sich wieder zu mir.

»Soll ich dir jetzt auch noch die Seife reichen?«

Ohne zu antworten, wusch ich mir die Hände. Aus dem Augenwinkel sah ich, dass sie auf meine Hose starrte.

Ja, Schätzchen, da ist ein Penis drin, hätte ich am liebsten gesagt, aber ich verkniff es mir.

Die Zeit bis zum Haus verging zügig. Mittlerweile war ich müde. Zuhause würde ich zumindest für ein paar Stunden die Augen schließen können, denn es gab ein

Sicherheitssystem. Als ich vor dem Haus parkte, sah sie sich neugierig um.

# Kapitel 4

*Giulia*

Scheinbar waren wir angekommen. Raul parkte und ich sah mir das einsame Haus an. Es war ein einfaches weißes mit blauer Tür und blauen Fensterläden. Ich folgte Raul hinein und blickte mich erstaunt um. So einfach es von außen aussah, so modern war es im Inneren. Raul schloss die Tür und stellte etwas, das wie eine Alarmanlage aussah, an.

Das Haus war nicht groß, aber es sah fantastisch aus. Hochmoderne Möbel auf glänzendweißen Böden. Eine offene Küche, die im Wohnraum integriert war.

»Es gibt zwei Schlafzimmer und zwei Bäder da hinten. Ich werde mich ein wenig hinlegen. Dass du nicht rausdarfst, brauche ich dir wohl nicht zu sagen. Die Fensterläden bleiben geschlossen, das Licht ausgeschaltet. Wenn es dir zu dunkel ist, mach eine kleine Lampe an und stell sie auf den Fußboden. In der Küche gibt es Vorräte. Die Putzfrau hat eingekauft. Wenn irgendetwas ist, schrei einfach. Meine Tür bleibt offen.«

Ohne etwas zu erwidern, nickte ich.

Ich sah ihm hinterher, als er nach hinten ging. Wieder einmal fiel mir sein knackiger Hintern auf.

*Gott, Giulia!*

Im Gehen zog er seine Lederjacke aus und warf sie auf die Couch. Eines musste ich dem Arsch lassen, er hatte einen gottgleichen Körper! Nicht, dass sein Gesicht weniger wert wäre … Die äußere Hülle war auf jeden Fall zu schade für so einen Menschen.

Als er aus meinem Sichtfeld verschwand, sah ich mich um. Kein Licht hieß vermutlich auch kein Fernseher. Bücher sah ich keine. Was zum Teufel sollte ich jetzt tun? Zuallererst ging ich auf die Küche zu und warf einen Blick in den Kühlschrank. Es befand sich tatsächlich alles Mögliche darin. Ich schnappte mir einen Joghurt und setzte mich damit auf die Couch. Seine Lederjacke zog meinen Blick auf sich. Wonach so einer wie er wohl roch? Ich löffelte weiter, aber irgendwann platzte ich vor Neugier.

Ich legte den Becher auf den Couchtisch und kroch auf die Jacke zu. Vorsichtig nahm ich sie hoch und näherte sie meiner Nase.

Wow! Wieso roch der so gut?

Raul kam um die Ecke. Als hätte ich mich daran verbrannt, warf ich die Jacke zurück auf die Lehne. Aber es war natürlich zu spät. Er wandte sich mir zu, stützte die Hände in den Hüften und sah mich fragend an.

Ich spürte regelrecht, wie mir das Blut in die Wangen schoss. »Ich wollte eine Zigarette haben«, stotterte ich. Dabei hatte ich noch nie in meinem Leben geraucht!

Kurz sah er mich an, dann näherte er sich der Couch, nahm die Jacke und zog die Schachtel heraus. Die Jacke warf er zurück, dann öffnete er das Päckchen und bot mir eine Zigarette an. Mit einem schüchternen Lächeln nahm ich eine.

*War das ein Grinsen auf seinem Gesicht?*

Der Mistkerl wusste, dass ich log, spielte aber weiterhin mit. Er zündete das Feuer an und kam noch ein Stückchen näher.

*Scheiße!*

Jetzt einen Rückzieher zu machen wäre unmöglich gewesen. Also näherte ich mich seiner Hand, nahm die Zigarette in den Mund und zog. Die Tatsache, dass sein Blick mich dabei fixierte, machte das Ganze nur noch schlimmer. Abrupt musste ich husten und er zog amüsiert eine Braue hoch.

»Zu stark?«

Immer noch hustend versuchte ich ihm zu antworten. Mit einer Handbewegung unterbrach er meinen Versuch.

»Genieß die Zigarette. Ich geh kurz zum Auto und hole unsere Taschen.«

Sobald er draußen war, rannte ich in die Küche. Ich öffnete den Wasserhahn, benetzte die Zigarette und warf sie weg. Dann nahm ich einen großen Schluck Wasser. In meinem Hals breitete sich ein Brennen aus und ich fragte mich, wieso man sich so etwas antat!

Als er wieder hereinkam, trug er unsere Taschen. Meine stellte er auf die Küchentheke neben mir. Seine ließ er auf den Boden fallen.

Scheinbar locker ging ich zurück in den Wohnraum, während er sich eine Wasserflasche aus dem Kühlschrank nahm.

»Mir ist langweilig.«

»Wolltest du deswegen anfangen zu rauchen?«

Ich war froh, dass er mir nach wie vor den Rücken zudrehte und mein peinlich berührtes Gesicht nicht sehen konnte.

»Vielleicht könnte ich ein wenig fern…«

Er drehte sich so abrupt um und zeigte mit der flachen Hand zu mir, dass ich verstummte. Hastig nahm er sein Handy aus der Hosentasche und sah darauf. Dann beugte er sich hinunter und nahm etwas aus seiner Tasche. Als er sich wieder aufrichtete, erkannte ich die Waffe in seiner Hand und schauderte. Mit dem Finger an seinen Lippen gab er mir Zeichen, leise zu sein.

Mit weit aufgerissenen Augen sah ich ihn zur Tür gehen. Erst dann klopfte es.

Er stellte sich an die Wand. »Nuria?«, rief er.

»Ich wollte nur wissen, ob Sie noch etwas brauchen.«

»Wer ist der Mann bei Ihnen?«, fragte Raul.

»Das ist mein Ehemann. Er hat mich gefahren.«

»Ich brauche nichts.«

»Okay. Entschuldigen Sie die Störung.«

Immer noch in Alarmbereitschaft sah er auf sein Handy. Irgendwann wandte er sich mir zu.

»Sie sind weg.«

Laut ausatmend ließ ich mich auf die Couch fallen. »Woher wusstest du, dass da jemand war?«

»Ich habe Kameras im und um das Haus. Mein Handy vibriert, wenn sich jemand dem Grundstück nähert.«

Es gab Kameras im Haus? War er deswegen aus dem Zimmer gekommen? Hatte er gesehen, dass ich seine Jacke genommen hatte?

»Wo genau sind diese Kameras?«

Er steckte die Waffe in den hinteren Bund seiner Hose und sah mich dabei an. »Überall. Wieso fragst du?«

»Du hast gesehen, dass ich deine Jacke genommen habe, nicht wahr?«

Lässig lehnte er sich an die Wand. »Ja, das habe ich. Wie gefällt dir mein Parfüm?«

*So ein Mistkerl!*

»Wie kannst du es wagen, mich zu stalken?«

Mit einem Schnauben stieß er sich von der Wand ab und kam ein paar Schritte auf mich zu. »Sei froh, dass ich dir erlaube, in einem anderen Raum zu sein. Das heißt aber noch lange nicht, dass ich dich aus den Augen lasse.«

Entsetzt sog ich die Luft ein. »Gibt es im Bad etwa auch Kameras?« Sein Nein dauerte mir etwas zu lange. »Da gibt es welche, nicht wahr?«

Schnaubend kam er auf mich zu und schnappte sich meinen Arm. Erschrocken versuchte ich, mich loszureißen, aber er zog mich mühelos weiter. Im Bad angekommen ließ er mich los und ging zum Fenster. Er zeigte an die Decke. »Da oben ist eine. Sie zeigt zum Fenster, sollte jemand dort einbrechen wollen. Die Zweite ist an der Tür. Außen gibt es auch eine. Beide sind zur Tür gerichtet. Wenn du dich also nicht gerade nackt ans Fenster oder an die Tür stellst, sehe ich dich nicht. Und nebenbei, ich habe kein Interesse, dich nackt zu sehen, also sei …« Das Klingeln seines Telefons unterbrach ihn. Ohne mich aus den Augen zu lassen ging er ran.

»Ja, es ist alles in Ordnung hier.« Er hörte kurz zu, dann drehte er sich zur Seite und lachte. Es war das erste Mal dass ich ihn lachen sah und war direkt fasziniert. Sein hübsches Gesicht erstrahlte regelrecht. Wie gebannt blickte ich ihn an. »Das ist nicht dein Ernst, oder?«, hörte ich ihn amüsiert sagen. Kurz darauf reichte er mir das Telefon. »Hier. Es ist Lorenzo.«

Immer noch verdattert nahm ich es entgegen. Raul blieb mit mir im Bad. Wieso ging er nicht?

»Lorenzo?«

»Ciao, Amore! Wie geht's dir?«

»Gut. Raul zeigt mir gerade das Haus.«

Kurz Stille. »Weißt du, der Gedanke, dass du mit ihm allein bist, macht mich langsam nervös.«

Überrascht riss ich die Augen auf. »Wie meinst du das?«

»Na ja, er ist ein hübscher Mann. Du weißt, wie eifersüchtig ich bin.«

Automatisch fuhr mein Blick zurück zu Raul. Mit der Schulter lehnte er an dem Türrahmen.

»Du wolltest, dass ich mit ihm herkomme. Weißt du nicht mehr?«

»Ja, ich weiß. Ach, vergiss es. Ich vermisse dich einfach.«

»Ich vermisse dich doch auch. Du brauchst dir wirklich keine Sorgen zu machen. Wie ich bereits sagte, spricht er kaum mit mir.«

Raul sah mir in die Augen. Er wusste genau, worum es ging.

»Na schön. Pass auf dich auf. Kannst du zu Raul gehen und ihn mir nochmal geben?«

»Ja, mach ich. Pass du auch auf dich auf. Ich liebe dich.«

Ich nahm das Handy herunter, wartete einen Moment ab, dann reichte ich es ihm.

Kurz blickte er mich noch an, dann legte er das Handy ans Ohr und ging.

Lorenzo war schon immer eifersüchtig gewesen, aber auf Raul? Klar, er sah gut aus, aber Lorenzo wusste doch, was ich über ihn dachte. Allein der Gedanke, wir könnten uns näherkommen, war verrückt!

Ich sah mich noch einmal im Bad um, dann ging ich zurück in den Wohnraum. Raul hatte bereits aufgelegt. Sein Gesichtsausdruck deutete auf schlechte Nachrichten hin.

»Gibt es etwas Neues?«

Ohne mich anzusehen, packte er das Handy weg. Die Waffe steckte nach wie vor in seinem Hosenbund, weshalb ich mich nicht traute, zu nahe heranzugehen.

»Nichts Gutes.«

»Ist Lorenzo in Gefahr?«, fragte ich panisch. Erst dann sah er mich an. »Ich denke nicht.«

Seine Antwort beruhigte mich keinesfalls.

»Bitte sag mir, was los ist.«

»Der Mann, dessen Sohn gestorben ist, heißt Armando Leone. Er versucht gerade, einen Pakt mit einem nicht zu unterschätzenden Clan aus Rom zu schließen.«

»Was genau bedeutet das?«

»Es bedeutet, dass er sich Unterstützung holt. Dich anzugreifen würde bedeuten, Lorenzo anzugreifen. Ihr seid nicht verheiratet, aber Armando weiß, dass Lorenzo sich rächen würde. Das ist einfach die Bestätigung, dass er etwas vorhat.«

»Du meinst, das ist die Bestätigung, dass er vorhat, mich zu töten?«

Raul ging auf die Küche zu und setzte Kaffee auf. »Im Grunde wussten wir schon, dass er es versuchen würde. Deswegen sind wir doch hier.«

Nervös schluckte ich. »Was hat sich dann geändert? Ich verstehe es nicht.«

»Sollte es funktionieren und er sich einen so mächtigen Clan an die Seite holen, wird er einen Krieg gegen Lorenzo führen. Das heißt, er geht nicht blind vor Schmerz auf dich los, wie wir erwartet hatten, sondern vielleicht auch bald auf Lorenzo selbst.«

Vor Schreck riss ich die Augen auf. »Das heißt, er braucht dich. Wir müssen zurück!«

Raul wandte sich mir zu. »Es steht noch gar nicht fest, ob Armando den Clan überzeugen wird. Sie werden nicht blindlings einen Krieg gegen Lorenzo riskieren. Wir wissen nur, dass Sie sich treffen werden.«

Erschüttert fuhr ich mir mit den Händen über das Gesicht.

# Kapitel 5

*Raul*

Ich wollte schlafen, aber die Neuigkeiten drehten mir den Magen um. Nach außen hin blieb ich gelassen und spielte die Entwicklungen Giulia gegenüber herunter. Aber das war eine gottverdammte Katastrophe. Wenn sich der Dreckskerl mit den Rumänen einließ, dann würde es heikel werden. Giulia zu beschützen wäre dann unser kleinstes Problem.

Noch dazu beschäftigte mich die Frage, die Lorenzo mir gestellt hatte. „Du weißt, dass sie tabu ist, nicht wahr?"

Was zum Teufel ging in seinem Kopf vor? Sie war heiß, klar, und die Tatsache, dass sie so neugierig auf mich war, amüsierte mich, aber sie war verdammt nochmal die Frau des Bosses!

Vom Bett aus hatte ich sie beobachtet und gesehen, dass sie an meiner Jacke riechen wollte. Den Spaß, sie in Verlegenheit zu bringen, konnte ich mir nicht verkneifen.

»Wolltest du nicht schlafen?«, hörte ich sie sagen.

Ohne mich umzudrehen, antwortete ich ihr. »Wenn du aufhörst, an meinen Sachen zu schnüffeln, tu ich das vielleicht.«

Dann drehte ich mich doch um. Ich musste ihr Gesicht sehen. Genau wie erwartet war ihr die Röte in die Wangen geschossen.

»Keine Sorge. Deine Sachen interessieren mich nicht. Du kannst beruhigt schlafen. Hör du lieber auf, mich wie ein Stalker zu beobachten!«

Ich hätte tatsächlich gerne damit aufgehört, sie zu beobachten, aber sie war so … rein. Sie war so anders als alles, was ich bisher kennengelernt hatte. Obwohl sie zwischendurch die Starke mimte, wirkte sie auf mich wie eine zerbrechliche Porzellanpuppe. Die Tatsache, dass Lorenzo sie allein durch Kalabriens Straßen laufen ließ, war mir ein Rätsel.

Aus dem anderen Zimmer heraus hatte ich sie beobachtet, als hätte ich ein unbekanntes Geschöpf vor mir.

Immer mehr verstand ich Lorenzos Besessenheit von ihr. Das hatte nicht ausschließlich etwas mit ihrem Puppengesicht oder ihrem knackigen Hinterteil zu tun. Ihr ganzes Wesen war faszinierend.

»Hallo?« Giulia wedelte mit der Hand in meine Richtung und riss mich aus meinen Gedanken. Mir näher zu kommen, das traute sie sich nicht. Irgendwie süß. »Hörst du mir überhaupt zu? Ich habe dich gefragt, was wir für Pläne haben.«

»Was meinst du?«, fragte ich verwirrt.

»Werden wir die nächsten Tage in diesem Haus ohne Fernseher und Beschäftigungsmöglichkeiten verbringen? Ich langweile mich jetzt schon zu Tode.«

Entnervt verdrehte ich die Augen und ging Richtung Schlafzimmer. »Ich kann dir ein bisschen Sand und eine Schaufel besorgen. Ich habe gehört, das macht dir Spaß.«

Ohne ihre Antwort abzuwarten, schloss ich die Tür.

»Was ist mit deinem Kaffee?«, hörte ich sie rufen, ging aber nicht mehr darauf ein.

Allein die Tatsache, dass mich eine Frau in irgendeiner Weise faszinierte, war ungewöhnlich. Dass es Lorenzos Frau war, machte das Ganze noch dazu gefährlich. Ich musste Abstand zu diesen komischen Gedanken gewinnen und mich wieder auf meine Aufgabe konzentrieren.

Ich nahm mir vor, sie nicht mehr zu beobachten. Würde jemand ein oder sie ausbrechen wollen, würde der Alarm losschlagen. Ich hatte keinen Grund, das Überwachungssystem zu nutzen. Zumindest keinen, der unser Leben sicherer machte. Ganz im Gegenteil.

Sofort legte ich mich aufs Bett. Es juckte mir in den Fingern, mir mein Handy zu schnappen und einmal zu schauen, was sie trieb, aber ich ließ es. Müde schloss ich die Augen und fiel in einen unruhigen Schlaf.

Vier Stunden später wachte ich schweißgebadet auf. Nachdem ich auf die Uhr geblickt hatte, legte ich mein Handy zurück auf den Nachtschrank. Kurz schloss ich die Augen und fuhr mir mit den Händen zwischen die Haare. Ich hatte ewig nicht mehr von meiner Mutter geträumt. Die Bilder aus meinem Traum erschütterten mich bis ins Mark.

Ich hatte ihre Schreie gehört, als mein Vater sie schlug, nachdem ich unter den Tisch gekrochen war. Um mich zu beschützen, war sie immer dazwischen gegangen.

Mein Vater war der Meinung gewesen, sie hätte ihn betrogen, und ich wäre nicht sein Sohn. Ich war acht Jahre alt, als sie mit mir flüchtete. Fast ein Jahr lang ging es uns gut, dann fand er uns. Das war ihr Ende gewesen. Wie durch ein Wunder überlebte ich. Er war der erste Mann, den ich tötete, als ich alt genug war, mir eine Waffe zu besorgen.

Ich lag im Bett und fragte mich, wieso ich so plötzlich, nach Jahren, davon träumte. Irgendwann beschlich mich der Gedanke, dass ich, seit der Zeit bei meiner Mutter, nie wieder das Bedürfnis verspürt hatte, eine Frau zu beschützen. Bis jetzt. Es lag an Giulia.

Verwirrt wischte ich mir mit den Händen über die Augen. Was zum Teufel war los mit mir?

Verärgert über mich selbst stand ich auf und ging duschen. Sobald das Wasser über meinen Körper prasselte, lehnte ich den Kopf an die gefliese Wand und schloss die Augen. Das warme Wasser lockerte meine verspannten Muskeln. Ich versuchte, mich von all meinen Gedanken zu lösen. Ich hatte einen Job zu erledigen und konnte mir keine Ablenkung leisten.

Nachdem ich angezogen war, ging ich in den Wohnraum. Giulia stand am Herd. Als sie mich hörte, drehte sie sich um.

»Mittagessen ist fertig«, sagte sie und stellte zwei gefüllte Teller auf die Plätzchen. »Ich habe dich duschen gehört und dachte, du hast vielleicht Hunger.«

Abrupt blieb ich stehen. Dann fasste ich mich wieder und ging langsam auf die Insel zu. Noch nie hatte eine Frau für mich gekocht.

Wortlos setzte ich mich vor meinen Teller hin und blickte auf den Inhalt. Spaghetti Carbonara. Sie musste auf mich gewartet haben. Andernfalls wären die Nudeln bereits trocken.

»Magst du keine Carbonara?« Ihr musste aufgefallen sein, dass ich etwas verwirrt auf den Teller hinunterstarrte.

»Doch. Sehr sogar.«

Um mein Unbehagen zu verbergen, fing ich an zu essen.

Kurz darauf setzte sie sich ebenfalls. Einen Platz ließ sie zwischen uns frei. Sie zog das mit dem Sicherheitsabstand konsequent durch. Am liebsten hätte ich sie gefragt, ob sie tatsächlich der Meinung war, der eine Platz könne sie vor mir retten. Aber ich ließ es. Das hätte sie vermutlich nur noch mehr geängstigt.

Als wir mit essen fertig waren, räumte sie die Teller ab und spülte das Geschirr. Allein das zeigte mir, dass sie ganz anders als die Frauen war, womit sich Lorenzo sonst schmückte. Die anderen Frauen waren Modepüppchen gewesen, die es liebten, Lorenzos Geld auszugeben. Niemals hätte eine von ihnen die Teller abgewaschen, geschweige denn gekocht.

»Dir ist also langweilig?«, fragte ich sie, um die Stille zu unterbrechen. »Ich könnte Nuria bitten, aus dem Hotel in der Nähe ein paar italienische Bücher zu besorgen. Ich weiß, dass sie dort welche für die Gäste haben.«

Überrascht sah sie mich an. »Das würdest du tun?«

Warum zum Teufel dachte diese Frau, ich wäre ein Unmensch? Klar, ich war Lorenzos Killer, aber ich tötete nicht wahllos Leute!

»Warum nicht?«

Ihr strahlendes Lächeln haute mich um. Ich bot ihr lediglich ein paar Bücher an, keine Diamantenkette. Sie war definitiv ein anderes Kaliber als die üblichen Frauen!

Kurz darauf stand ich auf und zog das Handy aus meiner Hosentasche. Es klingelte nur ein paar Mal, dann ging Nuria ran.

»Könntest du bitte ein paar italienische Bücher aus dem Sandos Hotel besorgen und vorbeibringen?«

# Kapitel 6



Verwundert blickte ich zu ihm, während er telefonierte. Ich hätte nicht erwartet, dass er sich meinetwegen so viele Umstände machte. Andererseits musste er mich ja irgendwie beschäftigen. Er tat es sicher nur, damit ich ihm nicht auf die Nerven ging.

Als er sich mit dem Telefon am Ohr umdrehte und mich anblickte, spürte ich ein leichtes Kribbeln in mir aufkommen. Seine olivgrünen Augen strahlten etwas Besonderes aus. Noch nie hatte ich sie mir so genau angesehen. Ich hatte immer nur die Kälte darin erfasst, aber plötzlich sah ich auch etwas anderes. Etwas Lebendiges.

Verwirrt zog er die Brauen zusammen. Erst da wurde mir bewusst, dass ich ihn anstarrte, und drehte mich weg.

Ich hörte, wie er sich von Nuria verabschiedete, und ging lässig auf den Kühlschrank zu. Als ich die Tür geöffnet hatte, versteckte ich meinen Kopf praktisch darin.

*Wie peinlich war das denn?!*

Ich hoffte, er würde keine Fragen stellen und sich nichts darauf einbilden. Wie gebannt hatte ich dort gestanden. Unfähig, mich von seinen Augen zu lösen. Lorenzo hatte Recht. Raul war definitiv ein hübscher Mann. Er hatte etwas von dem Apfel aus der Bibel. Wie waren Gottes Worte gewesen? *Davon dürft ihr nicht essen und daran dürft ihr nicht rühren, sonst werdet ihr sterben.*

Unvermittelt stand er hinter mir. »Suchst du etwas?«

»Einen Apfel«, rutschte mir heraus, immer noch gedanklich bei Adam und Eva. Über mich selbst entsetzt, riss ich die Augen auf. Dann fing ich mich wieder, zog den Kopf zurück und knallte die Tür zu.

Teilnahmslos blickte ich ihn an. Kurz darauf ging er zur Seite, lehnte sich lässig an den Herd und kreuzte die Arme vor der Brust. Als sich sein Mundwinkel etwas nach oben verzog, wusste ich, dass er durchschaut hatte, dass ich mich unwohl fühlte. Zum Glück sagte er nichts dazu. »Du vermutest Äpfel im Kühlschrank?«

»Wieso nicht? Ich stelle sie immer da rein. Ich mag kalte Äpfel.«

Die zufällige Zweideutigkeit dieses Satzes ließ mich innerlich die Augen über mich selbst verdrehen.

»Was ist mit den Büchern?«, fragte ich, um die merkwürdige Situation zu unterbrechen.

»Nuria kommt in ein paar Stunden.«

Es handelte sich lediglich um ein paar Stunden, aber was sollte ich zwischenzeitlich machen?

»Hätten wir die Bücher nicht selbst holen können?«

Mit einem Ruck stieß er sich vom Herd ab und ging selbst zum Kühlschrank.

»Nein. Wir sollten, wenn möglich, gar nicht raus.«

»Aber was sollen wir die ganze Zeit hier tun? Ich lese gerne, aber nicht pausenlos.«

Mit einer kleinen Wasserflasche in der Hand, schloss er den Kühlschrank und ging zum Sofa. Es gab hier alles Mögliche an Getränken, aber ich hatte ihn bisher nur Wasser trinken sehen. Sah er deshalb so knackig aus? Er war kein Muskelprotz, aber gut gebaut. Das Gestählte seines Körpers war selbst durch die Kleidung sichtbar. Zweifellos trainierte er.

Entspannt ließ er sich aufs Sofa fallen und schnappte sich die Fernbedienung. Mit vor Überraschung geweiteten Augen ging ich um die Insel herum zum Wohnraum. Als er den Fernseher einschaltete, sah ich zu ihm.

»Wir dürfen fernsehen?«

»Am Tag schon. Aber bitte leise.«

Erfreut ging ich zur anderen Seite des Sofas und setzte mich hin. Dann sah ich, dass er ein Sportprogramm eingeschaltet hatte. Wiederholungen der letzten Fußballspiele liefen. Augenverdrehend wandte ich mich ihm zu.

»Ist das dein Ernst?«

Das leichte Grinsen, als er mich ansah, war alles, was ich als Antwort bekam. Schnaubend lehnte ich den Rücken an. Im Leben hätte ich ihn nicht für einen Fußballfan gehalten. Das passte nicht zu seiner düsteren Ausstrahlung.

Nach einer Weile machte er es sich richtig bequem. Er legte die Beine auf den Couchtisch und ich konnte nicht anders, als ihn unauffällig zu beobachten. Ganz vertieft in den Spielen wirkte er beinah wie ein normaler Mann. Nur dass er anstatt Bier Wasser trank und sicher beim kleinsten Geräusch seine Waffe in der Hand hätte. Selbst im entspannten Status sah er immer noch hochgefährlich aus. Erneut musste ich daran denken, dass der Mann neben mir, wenn auch äußerst attraktiv, ein Killer war, und ich bekam eine Gänsehaut. Dann rührte er sich und nahm das Handy aus der Hosentasche.

Nach einem schnellen Blick darauf stand er auf. »Nuria ist da. Bleib hier sitzen und sag keinen Ton.«

Er ging zur Tür, wartete aber ab, bis sie klopfte. Ein paar Sekunden später öffnete er, hielt die Tür jedoch nur einen Spalt weit offen, sodass man mich nicht sehen konnte. Ich verstand, dass selbst diese Frau nicht erfahren durfte, dass ich mich hier befand. Raul nahm die Bücher in Empfang, bedankte sich und schloss wieder ab.

Während er zu mir kam, sah er sich die vier Bücher an und lächelte.

»Ich hoffe, sie gefallen dir.«

»Wieso lächelst du so?«

»Nuria dachte, sie wären für mich. Es sind nicht gerade Liebesromane.«

Dann reichte er sie mir. Es waren zwei Thriller, ein Horror und ein Sachbuch zum Thema Auto. Mit Thriller konnte ich mich vermutlich anfreunden. Horror und Autos auf gar keinen Fall. »Immerhin besser als die Bedienungsanleitung des Wagens.«

Raul war dabei zu trinken, als ich das sagte. Fast hätte er sich verschluckt, weil er schlagartig lachen musste. »Das fandest du witzig, ja?«

Ich fragte es ganz locker, aber ihn so amüsiert zu sehen und noch dazu sein Lachen zu hören, ließ wieder eine leichte Gänsehaut über meinen Körper wandern. Wie konnte jemand in nur einem Wimpernschlag vom eiskalten Killer zu einen heißen Traumtyp wechseln?

»So im Nachhinein … ein wenig witzig war es schon«, gab er zu. Dann setzte er sich zurück aufs Sofa und nickte Richtung Fernseher. »Willst du jetzt etwas gucken? Ich nehme das Buch über Autos.«

Zufrieden mit dem Tausch reichte ich es ihm und er mir die Fernbedienung. Als ich eine romantische Komödie entdeckte, lehnte ich mich erfreut zurück. Das komische, leise Schnauben, das ihm entfuhr, ließ mich zu ihm blicken. Er las in dem Buch, als hätte er überhaupt nichts getan. Trotzdem sah ich ihn weiterhin an.

»Hast du etwas zu sagen?«

Er konzentrierte sich nach wie vor auf seine Lektüre, aber ich sah, wie sein Mundwinkel sich nach oben verzog.

»Nein.«

Mir fiel auf, dass, wenn er die Lippen so verzog, sich ein leichtes Grübchen auf seiner Wange bildete. Dieser Mann sah eindeutig besser aus, als es gut für ihn war.

»Du starrst mich wieder an …«

Ertappt drehte ich meinen Kopf dem Fernseher zu. »Ich habe nur nachgedacht.«

»Worüber?«

»Über die ganze Situation. Ich kann nicht fassen, dass Lorenzo mich hier einsperrt. Ich bin immer noch der Meinung, er übertreibt.«

Dieses Mal schnaubte er gut hörbar. »Nein, das tut er nicht. Außerdem solltest du anfangen, dich mit so etwas anzufreunden.«

Ich hatte das Thema nur angeschnitten, um von der Tatsache abzulenken, dass ich ihn mal wieder angestarrt hatte, aber wo er nun so sprach, wollte ich es genauer wissen.

»Was meinst du?«

»Du denkst doch nicht im Ernst, dass dein Leben so bleiben wird, wie bisher, jetzt, wo du praktisch mit dem Boss verheiratet bist.«

Entsetzt riss ich die Augen auf. »Wieso tut ihr alle so, als wären wir auf dem Weg zum Altar?!«

»Weil es so ist.«

»Ich habe noch nicht Ja gesagt!«

Raul blickte in das Buch, als er mir antwortete. »Das wirst du.«

Kurz vorm Explodieren ließ ich die Luft entweichen. Wieso bildete sich jeder ein, zu wissen, wie ich auf den Antrag reagieren würde, wo ich es doch selbst nicht einmal wusste?!

Obwohl ich nichts sagte, schien Raul zu ahnen, wie wütend ich war. Er legte das Buch weg und sah mich an. »Solltest du dich nicht eigentlich freuen, wenn der Mann, den du liebst, dir einen Antrag macht? Denn du liebst ihn doch, oder?«

»Sollst du mich etwa für Lorenzo aushorchen?«

Sein Gesichtsausdruck veränderte sich. Unvermittelt wurde mir bewusst, dass ich ihn verärgert hatte, und ich musste leise schlucken. Hin und wieder vergaß ich, wer hier neben mir saß. Doch es reichte ein strenger Blick von ihm, und seine Aura erinnerte mich schlagartig wieder daran, wie gefährlich er war.

# Kapitel 7

*Raul*

Dachte sie etwa, ich wäre Lorenzos Schoßhund? Klar, ich arbeitete für ihn, aber ich war weder sein Dienstmädchen noch hätte ich mich je darauf eingelassen, seine Frau auszuhorchen.

Ich wollte gerade die Sache klarstellen, als mir ihr erschrockener Gesichtsausdruck auffiel. Sie hatte wieder Angst. Ich hatte ihr doch überhaupt nie etwas getan! Wieso hatte sie solch eine Angst vor mir?!

Die Situation überforderte mich. Zum einen machte sie mich wütend. Gleichzeitig konnte ich es nicht ertragen, dass eine Frau sich vor mir fürchtete. Letzendlich entschied ich mich dazu, meine Empfindungen hinunterzuschlucken und ganz ruhig mit ihr zu reden.

»Du brauchst keine Angst vor mir zu haben.«

Sie sah immer noch erschrocken aus und ich musste all meine Willenskraft einsetzen, um gelassen zu bleiben. Am liebsten hätte ich sie geschüttelt, aber das wäre wohl kontraproduktiv gewesen.

»Ich meine es ernst. Egal was du sagst und egal ob es mich wütend macht, ich würde dir nie etwas antun.«

»Du meinst, weil ich mit Lorenzo zusammen bin ...«

Ihre Stimme war leise. Es war keine Frage, trotzdem antwortete ich.

»Nein, das hat nichts mit Lorenzo zu tun. Ich verabscheue Gewalt gegen Frauen.«

Die Tatsache, dass sie überrascht die Augenbrauen zusammenzog, machte mich fast noch wütender als die, dass sie gedacht hatte, ich wäre Lorenzos Schoßhund. Das bestätigte, dass ich in ihren Augen ein Unmensch war.

»Heißt das, du hast noch nie einer Frau weh getan?«

Bei ihrer Frage fielen mir ein paar Situationen ein, die mich zum Schmunzeln brachten. »Nur wenn sie es wollten«, sagte ich und zwinkerte ihr zu.

Es dauerte ein paar Sekunden, bis sie verstand. Als es so weit war, sah sie errötend zum Fernseher. Ganz schön prüde die Frau.

Sie sagte nichts mehr, aber ich wusste, dass sie das, was ich gesagt hatte, immer noch beschäftigte.

Nun war ich es, der überrascht die Stirn runzelte. Hatte sie mit Lorenzo etwa nur unschuldigen Blümchensex? So hätte ich ihn gar nicht eigeschätzt …

War sie überhaupt schon mal richtig durchgefickt worden? Aus dem Nichts stellte ich sie mir plötzlich unter mir vor. Der Gedanke, ihren hübschen Mund mit meiner Zunge zum Schweigen zu bringen, bescherte mir eine Gänsehaut.

Dann sah ich zu ihr. Sie saß nach wie vor stocksteif da und blickte zum Fernseher. Ihre Lippen waren leicht geöffnet. An Lorenzos Stelle wäre ich so lange mit ihr im Bett geblieben, bis ich die Schüchternheit aus ihr vertrieben hätte. Und das hätte ich …

Sofort spürte ich, wie mein Glied anschwoll.

Was zum Teufel war wieder los mit mir?! Allein diese Vorstellung war eine Todsünde!

Hier mit ihr auf der Couch zu entspannen, war eine furchtbare Idee gewesen. Ich sollte mich so weit von ihr entfernt halten wie nur möglich.

Entschlossen stand ich auf und sie drehte sich zu mir.

»Ich lege mich aufs Bett.«

Mehr sagte ich nicht. Einfach nur weg hier.

Nachdem ich die Tür meines Schlafzimmers geschlossen hatte, kreuzte ich die Hände hinter dem Nacken. Es sah mir gar nicht ähnlich, mich so aus der Ruhe bringen zu lassen. Schon gar nicht von einer Frau. Wie zum Teufel sollte ich es tagelang mit ihr allein aushalten, wenn mich bereits jetzt solche Gedanken überrannten?

Es lag vermutlich daran, dass ich untervögelt war. Lorenzo hatte mich in letzter Zeit so eingespannt, dass ich nicht einmal Zeit gehabt hatte, zu trainieren oder eben zu vögeln.

Mein letztes Mal war Wochen her. Üblicherweise ließ ich eine von Lorenzos Escorts kommen. „Normale" Frauen wollte ich nicht, denn ich hatte weder Lust auf eine Beziehung noch auf Gefühle. So etwas passte nicht zu meinem Lebensstil.

Ich ließ die Arme sinken und sah mich im Zimmer um. Es war gerade mal nachmittags. Weil mir nichts Besseres einfiel und weil ich es gerade bitter nötig hatte, runterzukommen, tauschte ich die Jeans gegen eine Sporthose aus, und fing an, Sit-ups zu machen.

Nach einer halben Stunde passierten mehrere Sachen gleichzeitig, die mich aufspringen ließen. Das Überwachungssystem auf meinem Handy vibrierte und der Alarm im Haus ging los. Eilig schnappte ich mir das Handy, holte die Waffe aus dem Nachtschrank und rannte hinaus. Ich verschwendete erst gar keine Zeit damit, aufs Handy zu schauen, sondern reagierte direkt. Im Wohnzimmer angekommen sah ich mich vorsichtig nach Giulia um. Sie saß nicht mehr auf dem Sofa. Als ich mich der Tür zuwandte, sah ich sie mit entschuldigendem Gesichtsausdruck dort stehen.

»Ich wollte nur einmal vor die Tür. Ich halte es hier nicht mehr aus.«

Entgeistert schloss ich kurz die Augen, senkte die Waffe und entspannte mich, bevor ich zur Tür ging und den Alarm ausschaltete.

»Ich dachte, ich hätte klargestellt, dass du nicht raus darfst.«

Erst als ich mich ihr wieder zuwandte, sah ich, wie sie auf meinen nackten, verschwitzten Oberkörper starrte. Mit großen Augen blickte sie meinen Sixpack an. Ich hob meine Hand und zeigte auf mein Gesicht.

»Hier oben bin ich. Hast du mich verstanden?«

Blinzelnd sah sie mir in die Augen und schluckte. »Ja.«

Ihre komische, atemlose Stimme ließ mich stutzen. War sie scharf?! Ich war also nicht der Einzige, dessen Hormone verrücktspielten.

Damit sie mein überraschtes Lächeln nicht sehen konnte, ging ich Richtung Wohnraum.

»Schlimm genug, dass wir uns hier in Lorenzos Haus befinden. Das Letzte, was ich brauche, ist, dass du spazieren gehst.«

»Wieso ist es schlimm, dass wir hier sind?«, fragte sie leise und rührte sich immer noch nicht von der Stelle.

Ich versuchte mein Gesicht wieder in den Griff zu bekommen, dann drehte ich mich zu ihr. »Weil man uns hier finden könnte. Ich habe versucht, es Lorenzo zu erklären, aber er war der Meinung, wir wären hier sicher. Er hat schließlich mehrere Häuser.«

Sie nickte lediglich, aber ich sah ihr an, dass sie dagegen ankämpfte, nach unten auf meinen Körper zu blicken.

Ich sollte sie erlösen und gehen, aber es war irgendwie witzig, sie so aus der Bahn zu bringen. Sie hatte mich davor

bereits zweimal angestarrt, aber ich war der Meinung gewesen, sie hätte es aus Neugier getan, wegen meinem Beruf.
Jetzt stattdessen hatte sie mich angesehen, als hätte sie eine
leckere Torte vor sich.

Wenn er es jemals erfahren würde, würde das Lorenzo
zur Weißglut bringen. Zurecht! Würde es mich auch, wenn
sie mir gehören würde.

Der Gedanke an Lorenzo ließ mich wieder ernst werden.
»Ich gehe duschen«, sagte ich zu ihr, dann wandte ich mich
zum Gehen.

# Kapitel 8



*Giulia*

Raul war nach hinten gegangen. Erst einen Augenblick später wurde mir bewusst, dass ich immer noch in die Richtung blickte, in die er verschwunden war.

Ihn mit nacktem Oberkörper zu sehen, hatte mich in eine Art Trance versetzt. Ich hatte versucht, mich zu fangen, war aber völlig neben der Spur gewesen.

Von seinem unglaublichen Körper mal ganz abgesehen hatte mich seine ganze Aura fasziniert. Die Art, wie er konzentriert aus dem Zimmer gekommen war, mit der Waffe, die wie eine Verlängerung seiner Hand wirkte, und die Tattoos auf seiner Haut, waren unglaublich heiß gewesen. Dieser Mann war ein verborgener Diamant, was das Aussehen anging. Sein hübsches Gesicht und die unglaublich schönen, olivgrünen Augen, gepaart mit seinem unbeschreiblichen Körper, hatten mich schlichtweg umgehauen. Lorenzo war auch sehr attraktiv, aber dieser Mann hier … So etwas Schönes hatte ich noch nie gesehen. Der Oberkörper war so fein definiert, dass er aussah wie gemalt. Die Arme waren von den Schultern an, bis zu den Handgelenken fast vollständig tätowiert. Auf seinem Rücken befand sich ein beeindruckendes Kreuztattoo, während die Vorderseite, außer der Krähe, die aus dem Muster seiner Schulter die linke Brust erreichte, „Clean" war. Die Sporthose hatte tief auf seinen Hüften gesessen, und diese Bauchmuskeln … Jeder Millimeter seines Körpers strahlte puren Sex aus.

Schluckend drehte ich mich zur Insel und ging darauf zu. Ich trank Wasser und wusste, ich würde ihn nie wieder ansehen können, ohne an das erinnert zu werden, was unter seiner Kleidung schlummerte.

Als er aus dem Zimmer kam, steckte er in einer tiefsitzenden Jeans und einem Langarmshirt. Ich versuchte, normal zu tun, aber ich war nach wie vor nervös. Noch mehr, als ich seine rauchige Stimme hörte.

»Das, was du vorhin getan hast, war leichtsinnig. Ich hoffe du weißt das.«

»Ja, ich habe es verstanden, aber ich habe mittlerweile das Gefühl, ich ersticke hier. Lange werde ich es nicht aushalten.«

Sein Blick wurde milder. Fast schien er Mitleid mit mir zu haben. »Das verstehe ich, aber ich kann es nicht ändern.«

»Kannst du nicht oder willst du nicht? Du bräuchtest dir nur die Autoschlüssel zu schnappen und wir könnten eine Runde fahren.«

Schnaubend verdrehte er die Augen. »Was soll denn das bringen außer dich in Gefahr?«

»Es bringt mich aus diesen vier Wänden. Eine halbe Stunde! Mehr brauche ich nicht.«

»Tut mir leid, aber das ist es nicht Wert.«

Allein die Vorstellung, nicht einmal vor die Tür zu dürfen, brachte mich zur Weißglut. Ich fühlte mich gefangen, und das raubte mir den Atem.

Ihn anblickend hob ich meine Hand in seine Richtung. »Gib mir dein Telefon.«

Lachend drehte er sich etwas zur Seite. »Du willst Lorenzo fragen?«

»Gib es mir!«

Immer noch amüsiert schüttelte er den Kopf, aber er zog es aus der Gesäßtasche und wählte. »Er wird nein sagen.«

»Das werden wir sehen.«

Mein entschlossener Blick ruhte auf seinem, während ich wartete, dass Lorenzo ranging.

»Raul?«

»Ich bin es.«

Unvermittelt vernahm ich die Sorge in seiner Stimme, als er mich fragte, ob alles in Ordnung sei.

»Ja, es ist alles gut, aber ich werde langsam verrückt hier. Ich muss ein bisschen raus. Raul ist damit nicht einverstanden. Könntest du ihm bitte sagen, dass eine halbe Stunde mit dem Auto keinen Weltuntergang bedeutet?«

»Amore, ich verstehe, dass es ungewohnt ist, nicht raus zu können, aber Raul hat recht. Es wäre nicht ratsam.«

Rauls siegessicheres Grinsen, als er meine Miene sah, motivierte mich erst recht, Lorenzo zu überreden.

»Schatz, ich bitte dich. Ich habe bereits Vieles akzeptiert. Selbst die Tatsache, eingesperrt zu werden, habe ich über mich ergehen lassen. Ich bitte dich um eine halbe Stunde! Wenn du mich liebst, wirst du mir diese Bitte nicht abschlagen. Eine halbe Stunde im Auto durch die Gegend fahren und ich bin die glücklichste Frau auf Erden. Wenn ich eine weitere …«

»Schon gut«, unterbrach er mich amüsiert. »Gib mir Raul.«

»Danke, Schatz! Du bist der Beste. Ich liebe dich.«

Grinsend reichte ich Raul das Telefon. Sein entsetzter Blick brachte mich fast zum Lachen, aber ich riss mich zusammen.

Entgeistert nahm er das Handy entgegen. »Lorenzo?«

Kurz hörte er zu. Dabei ging er ein paar Schritte und lehnte sich mit dem Rücken an die Wand. Mein Blick fuhr über seine Beine, als er sie überkreuzte. Wieder fiel mir die Vollkommenheit seines Körpers auf.

»Das ist keine gute Idee. Keiner sollte sie …«

Lorenzo hatte ihn wohl unterbrochen. Schnaubend hob er die Augen gen Himmel. »Alles klar. Wie du willst.«

Dann legte er auf und stützte sich von der Wand ab. Nachdem er das Handy in die Vordertasche gesteckt hatte, blickte er zu mir.

»Gehen wir.«

Er war so ernst, dass mir die Lust zum Ausgehen fast vergangen wäre. Aus der Kommode nahm er eine Waffe und steckte sie in den hinteren Hosenbund. Dann nahm er seine Jacke und wir gingen.

Wir fuhren durch die Gegend. Hin und wieder sah ich zu ihm. Er hatte erneut sein eiskaltes Gesicht aufgesetzt, aber ich verstand, dass er im Jobmodus und einfach nur hochkonzentriert war. Als er nach einer Weile wiederholt in den Rückspiegel blickte, wollte ich mich umdrehen, aber sein „Nicht“ hielt mich zurück.

»Was ist los?«

»Wir werden verfolgt.«

»Bist du sicher?«, fragte ich skeptisch.

»Wir werden es gleich erfahren.«

Ohne mich groß zu bewegen, sah ich in den Seitenspiegel und beobachtete die Autos auf der belebten Straße hinter uns. Drei Autos weiter fiel mir ein schwarzer Geländewagen auf, der ziemlich rüpelhaft auf den Wagen vor sich auffuhr.

»Du meinst den schwarzen Jeep dort hinten, nicht wahr?«

Kurz vor einer Kreuzung bog er so plötzlich nach links, dass ich mich erschrocken am Armaturenbrett festhielt. Während er weiter in die enge Gasse fuhr, sah er nach hinten. Ich ebenso. Der schwarze Wagen blieb auf der Hauptstraße und fuhr mit schnellem Tempo weiter.

Unvermittelt ließ ich die Luft, die ich scheinbar angehalten hatte, entweichen.

»Siehst du?«

»Ja, ich sehe«, sagte er grimmig und starrte nach vorne.

Als ich seinem Blick folgte, sah ich den Jeep. Er war gerade von der anderen Seite in die Gasse gefahren und kam uns entgegen.

Raul beschleunigte und ich riss erschrocken die Augen auf. Er fuhr so schnell, dass mir die Luft wegblieb. Die Straße war schmal. Es hätte keine Ausweichmöglichkeit gegeben. Mit gleicher Geschwindigkeit fuhr der Jeep auf uns zu, und da wusste ich, dass es Armandos Männer waren. Raul beschleunigte noch mehr. Panisch fasste ich ihn am Arm.

»Raul, bitte.«

Er sagte nichts. Er sah weiterhin nach vorne.

»Raul!«, schrie ich, denn der Wagen kam immer näher. Es waren nur noch wenige Meter. Der Fahrer des Wagens ahnte vermutlich, dass Raul nicht anhalten würde, und bremste ab. Mit einem eiligen Rückwärtsmanöver versuchte er, das Zusammenprallen mit uns zu verhindern. In der Zeit fuhr Raul das Fenster herunter.

»Hock dich in den Fußraum«, sagte er konzentriert und ich gehorchte hastig. Im Handumdrehen spürte ich ihn etwas abbremsen. Noch bevor es passierte, steckte Raul den Arm aus dem Fenster. Die Schüsse, die ich hörte, waren die Ersten meines Lebens. Erschrocken riss ich die Augen noch weiter auf und hielt mir die Ohren zu.

Raul fuhr weiter. Er kollidierte sachte mit dem Jeep und schob ihn aus der Gasse. Die entgegengesetzte Straße war stark befahren gewesen. Es würde vermutlich einen Zusammenprall gegen ein vorbeifahrendes Auto geben. Genauso kam es. Ich hörte das Knallen von Metall auf Metall und schloss die Augen. Panisch riss ich sie wieder auf, als ich Raul aus dem Auto steigen hörte.

»Raul! Bleib hier!« Mir liefen bereits Tränen über die Wangen. Noch mehr, als ich weitere Schüsse hörte.

# Kapitel 9

*Raul*

Wie geplant, war ihr Wagen in den Gegenverkehr gekommen und zur Seite geschleudert worden. Das reichte mir aber nicht. Ich war es nicht gewohnt, halbe Sachen zu machen, also stieg ich aus und rannte auf sie zu. Die Beifahrerseite war völlig demoliert, aber der Fahrer versuchte auszusteigen. Noch bevor ich ihn ganz erreichte, erschoss ich ihn. Zur Sicherheit ging ich weiter, bis ich unmittelbar neben dem Wagen stand. Dann schoss ich auch dem Beifahrer in den Kopf. Die Leute, die mich dabei sahen, störten mich nicht. Trotzdem rannte ich hastig zu unserem Auto zurück. Ich setzte mich hinters Steuer und legte den Rückwärtsgang ein. Giulia hockte immer noch im Fußraum. Während ich uns aus der Gasse manövrierte, hörte ich sie weinen.

Scheiße!

Ich beschleunigte und fuhr in eine anderen Gasse, schnappte mir den Diedrich aus der Mittelkonsole und stieg aus. Ich knackte den ersten passablen Wagen, den ich finden konnte, startete ihn und fuhr die paar Meter zu unserem Wagen zurück. Hastig stieg ich aus, rannte zu unserem Auto und zog Giulia heraus. Dann passierte etwas, womit ich nicht gerechnet hätte. Weinend sprang sie in meine Arme. Sie hielt mich dermaßen fest, dass ich ihr Zittern vernahm. Ich musste dem Drang widerstehen, meine Hand an ihren Hinterkopf zu legen. Obwohl wir es eilig hatten, gab ich ihr kurz Zeit, sich zu sammeln. Es war ein unbeschreibliches Gefühl, hilfesuchend von ihr umarmt zu werden. Das steigerte meinen Beschützerinstinkt zu mir ungekannten Dimensionen.

»Wir müssen weg«, hauchte ich ihr zu und wunderte mich selbst über meinen liebevollen Ton.

Was zum Teufel war los mit mir?!

Im Wagen angekommen, fuhren wir los. Verwirrt sah sie sich in dem Mercedes um. »Hast du dieses Auto etwa geklaut?« Ich konnte nicht verhindern, aufzulachen. »Das heißt dann wohl ja. Hast du die Männer getötet?«

Sie war eindeutig wieder fit. »Sind wir hier bei der Beichte?«, fragte ich immer noch amüsiert.

Ihr entsetzter Blick durchbohrte mich. »Schön, dass du endlich wieder lachen kannst. Findest du das Morden so amüsant?«

»Dich finde ich amüsant.« Beleidigt drehte sie sich zum Fenster. »Und wenn du es genauer wissen willst, sollte ich dir Vorwürfe machen, nicht umgekehrt.«

Sie sagte nichts. Sie wusste selbst, dass es unverantwortlich gewesen war, rauszugehen. Andererseits hätten uns Armandos Männer spätestens dann gefunden, wenn sie das Haus erreicht hätten.

Ich zog das Handy aus meiner Hosentasche, wählte Lorenzos Nummer und legte es mit Lautsprecher in die offene Mittelkonsole.

Als er ran ging, drehte Giulia ihr Gesicht zum Fenster. Sie fühlte sich furchtbar. Ich sollte sie vermutlich in Kenntnis setzen, dass es nichts geändert hätte, wenn wir im Haus geblieben wären, aber es passte mir ganz gut, dass sie sich schuldig fühlte. Das würde sie daran hindern, mich noch einmal zu hintergehen.

»Wir wurden entdeckt«, sagte ich zu Lorenzo. Die unheimliche Stille, in der ich seinen Angstzustand las, dauerte nicht lange an.

»Geht es ihr gut?!«

»Ja, keine Sorge. Es waren nur zwei Männer. Ich habe sie erledigt.«

»Vielleicht solltet ihr zurückkommen«, sagte er außer sich vor Sorge.

»Wie soll das gehen? Armando wusste vermutlich nicht mit Sicherheit, dass wir hier sind. Andernfalls hätte er mehr Männer geschickt. Trotzdem ist es zu riskant, zu einem der Häfen oder zum Flughafen zu fahren. Was, wenn sie dort auf uns warten? Ich werde zu Walid fahren und uns Papiere besorgen. Wir sollten nach Marokko, eine Weile ausharren und dann über Spanien zurückkommen.«

»Das ist ein guter Plan. Ich rufe Walid an und gebe alles in Auftrag. Fahr gleich hin und Raul ... sorge dafür, dass sie heile zu mir zurückkommt. Du weißt, wenn du versagst ...«

»Werde ich nicht.«

»Das hoffe ich für dich. Gib sie mir jetzt.«

Ich blickte zu Giulia, die immer noch aus dem Fenster starrte. Die Art, wie sie ihren Kopf drehte, zeigte mir, dass sie keine Lust hatte, mit Lorenzo zu sprechen. Trotzdem tat sie es, aber sie war komisch. War sie wütend auf ihn?

# Kapitel 10

*Giulia*

»Ja?«, sagte ich zu Lorenzo, obwohl ich ihm gerade ganz andere Sachen gesagt hätte. Seine Weise, mit Raul zu sprechen, hatte mich gestört. Mehr als das. Ich kochte regelrecht vor Wut. Dieser Mann hatte mir gerade das Leben gerettet und er nahm so vieles auf sich, um es weiterhin zu tun. Er hatte davon abgeraten, in das Haus nach Tunesien zu gehen und einen Ausflug zu machen. Und jetzt maßte sich Lorenzo an, ihm zu drohen?!

Wer war hier eigentlich der Unmensch? Denn so langsam hatte ich das Gefühl, derjenige, der die Gräueltaten befahl, war viel schlimmer als der, der sie ausführte.

»Amore mio, geht es dir gut?«

Allein, wie anders seine Stimme plötzlich klang, zeigte mir, dass auch eine andere Seite in ihm schlummerte. Eine Seite, die ich nie wahrgenommen hatte oder vermutlich nicht hatte wahrnehmen wollen.

»Ja, es geht mir gut. Raul hat schnell reagiert.«

»Hör zu, ihr werdet nach Marokko fahren. Keine komischen Aktionen mehr. Keine ungeplanten Ausflüge oder sonstiges. Ich wünsche, dass du auf Raul hörst.«

»Es hört sich fast an, als würdest du mir Befehle erteilen«, raunte ich entsetzt.

Obwohl er sich bemühte, es nicht zu zeigen, hörte ich die Wut in seiner Stimme. »Hör auf dich wie ein Kind zu benehmen.«

»Und du hör auf, dich wie ein Arschloch zu benehmen!«

Ich schnappte mir das Handy und legte auf. Raul sah entsetzt zu mir.

»Was ist los mit dir? So kannst du doch nicht mit ihm umspringen!«

Mich hatte die Tatsache, dass er Raul in der Hand hatte, immens gestört. Die Art und Weise, wie er ihm drohte, machte mir zu schaffen. Noch dazu bildete er sich ein, mich herumzukommandieren! Seinetwegen war ich in dieser Lage! Auf einmal benahm er sich wie der Mafiaboss, der er war, und das störte mich.

»Wieso nicht? Lässt er mich dann töten?«, fragte ich herausfordernd.

Raul schnaubte leise. »So solltest du nicht über ihn reden. Er bemüht sich, damit du in Sicherheit bist.«

Wutentbrannt wandte ich mich ihm zu. »Seinetwegen bin ich doch erst in diesem Schlamassel! Weißt du was? Vergessen wir das Thema.«

Von Tunis fuhren wir südwestlich nach Manouba. Die Straßen waren gut ausgebaut. Zahlreiche Wohnviertel, Geschäfte und Einrichtungen passierten wir auf unserem Weg. Nach etwa zwölf Kilometern waren wir angekommen.

Im Vergleich zu Tunis wirkte Manouba wie ein kleiner Vorort. Ich hatte mal etwas über Manouba gelesen und wusste, dass die Stadt bekannt für ihre Universität war.

Wir fuhren zum Stadtrand. Eine ruhige und naturnahe Umgebung machte sich breit. Landwirtschaftliche Flächen vermischten sich mit kleinen Wohnvierteln. Irgendwann bogen wir in eine Straße ab und kurz darauf fiel mir eine weiße Mauer auf, die ein großes Gelände umrundete. Die Mauer war um die zwei Meter hoch. An zwei Stellen wurde sie unterbrochen. An der Ersten befand sich ein kleines weißes Tor, aus dem man zu Fuß hindurchkonnte. Kurz darauf kam ein größeres. Es war ebenfalls weiß. Davor brachte Raul das Auto zum Stehen. Neben dem Tor waren Kameras angebracht. Raul sah hin und kurz darauf ging das Tor auf.

Wir fuhren auf einem großen, mit Steinen besetzten Hof bis zu einer Villa. Vor dem Haus standen drei Männer mit Maschinengewehren. Sie hielten sie gesenkt, trotzdem keuchte ich vor Schreck. Raul blickte zu mir, nachdem er das Auto geparkt hatte.

»Du brauchst keine Angst zu haben. Das ist ein Geschäftspartner.«

Mit weit aufgerissenen Augen starrte ich zu den Männern. Ganz so, als hätte ich Angst, sie würden schießen, wenn ich wegblickte.

»Hey«, sagte Raul sanft und drehte sich weiter zu mir. »Es wird dir hier keiner etwas antun.«

Nach einem kurzen Moment wandte ich mich ihm zu und nickte. Dann stieg er aus. Unvermittelt kam er um den Wagen herum zu mir. Er wusste vermutlich, dass ich ohne ihn an meiner Seite niemals ausgestiegen wäre.

Nachdem er die Tür öffnete, blickte er mich lächelnd an. Er wollte mir die Nervosität nehmen. Ich atmete noch einmal tief ein, dann stieg ich aus und lief mit ihm Richtung Haus.

Wir waren noch nicht die langen, breiten Stufen gestiegen, als sich die große Doppeltür öffnete und ein Mann herauskam. Zwei weitere flankierten ihn. Der Mann blickte lächelnd zu uns. Als er uns erreichte, umarmte er Raul kurz.

»Raul! Endlich besuchst du mich wieder.«

»Es ist leider ein sehr kurzer Besuch.«

Der Mann war in den Fünfzigern. Er war leger gekleidet und hatte einen langen, vollen Bart. Nickend blickte er zu einem der Männer und sagte etwas auf Französisch. Mein

Französisch war nicht sehr gut, aber ich verstand zumindest, worum es ging. Als Raul sich fließend sprechend einmischte, sah ich zu ihm. Französisch hatte noch nie sexier geklungen.

Dann sah er zu mir. »Komm«, sagte er. Auch der Mann setzte sich in Bewegung, nachdem er mir freundlich Zeichen gegeben hatte, ihnen zu folgen.

Wir gingen hinter dem Haus in ein großes Lagerhaus. Raul und der Mann sprachen wieder auf Französisch. Einer seiner Männer fuhr ein Auto nach vorne zu uns. Es war ein schwarzer Geländewagen. Raul näherte sich dem und öffnete den Kofferraum. Ich folgte ihm auf dem Fuß. Diese Leute schienen tatsächlich Freunde zu sein, trotzdem wollte ich nicht irgendwo allein stehen. Ich riss die Augen auf, als ich sah, dass zwei Männer mit einer Kiste voller Waffen zu uns kamen. Sie legten sie neben uns auf einen Tisch. Raul ging hin und sah sich die Waffen genauer an. Er nahm einige nacheinander in die Hand, prüfte sie und legte sie in den Kofferraum. Zwei Kleinere legte er nach vorne. Eine in die Mittelkonsole und eine in das Handschuhfach. Jemand reichte Walid einen großen Umschlag und er gab ihn Raul. Nachdem er ihn entgegengenommen hatte, schüttelte er den Inhalt auf den Tisch. Es waren unsere Papiere, Visa und jede Menge Bargeld.

»Damit dürftest du eine Weile auskommen. Brauchst du noch etwas?«

»Ja. Ein Ladegerät und eine Sonnenbrille.«

Walid lachte, aber er gab sofort einem seiner Männer ein Handzeichen. Raul zeigte ihm sein Handy und der Mann ging aus der Halle Richtung Haus.

Als der Mann zurückkam, trug er das Ladegerät und drei Brillenetuis mit sich. Raul nahm das Ladegerät, dann öffnete er die Etuis nacheinander und suchte eine Pilotenbrille aus. Ray-Ban Aviator stand auf dem Etui. Er setzte sie sofort auf und Walid nickte zufrieden. »Genau dein Style.«

Ich war ziemlich sicher, dass Rauls freches Grinsen selbst die Männer beeindruckte. Dann umarmten sie sich wieder, wir stiegen ein und fuhren davon.

»Netter Mann«, sagte ich zu Raul und er blickte grinsend zu mir.

»Nicht zu jedem.«

# Kapitel 11



Es wurde langsam dunkel. Wir fuhren über Bizerte Richtung Küste.

»Wir werden zu einem Motel fahren und übernachten. Im Morgengrauen geht es weiter«, sagte ich zu ihr und sie nickte.

Uns erwartete eine lange Reise. Es machte keinen Sinn, nachts diese Route zu fahren. Es würde ungefähr siebenundzwanzig Stunden bis zu unserem Ziel in Marokko dauern. Eine erholsame Übernachtung wäre hilfreich.

Sobald wir die Grenze nach Algerien passiert hatten, suchte ich nach einem Motel. Ziemlich schnell fand ich eines und parkte davor.

»Bleib kurz hier und schließ dich ein. Ich gehe da allein rein.«

Sie nickte und ich stieg aus. Ich versuchte mich zu beeilen, denn ich ließ sie nicht gern im Auto, aber alles andere wäre noch riskanter gewesen. Sie war nicht gerade unauffällig. An so eine Schönheit würde man sich hier lange erinnern und ich wollte keine Spuren auf dem Weg hinterlassen.

Mit dem Zimmerschlüssel in der Hand ging ich zurück zum Wagen. Wir hatten keine Koffer. Wir hatten nichts, daher holte ich die Papiere und eine weitere Waffe heraus und wir gingen zu unserem Zimmer.

Als ich aufschloss, sah ich, dass das Zimmer sehr klein war. Es passten gerade mal das Bett, eine kleine Couch und ein Schreibtisch hinein. Die Couch war anderthalb Meter vom Bett entfernt. Über dem Schreibtisch, gegenüber dem Bett, hing ein kleiner Fernseher. Daneben befand sich eine Tür, die vermutlich zum Bad führte. Eine weitere verdeckte den Einbauschrank. Sehr überschaubar. Zuallererst sah ich ins Bad, dann in den Schrank. Es konnte keiner hier auf uns warten, aber ich war es gewohnt, gründlich zu sein.

Als ich mich ihr zuwandte, sah ich erst ihren komischen Gesichtsausdruck. Genau wie mich, beschäftigte sie vermutlich die Tatsache, dass wir uns ein Zimmer teilen mussten. Noch dazu ein so kleines. Sie wusste es, trotzdem fragte sie.

»Wir schlafen beide hier?«

»Ich kann dich nicht allein lassen.«

Sie nickte, aber ich sah genau, dass sie schlucken musste. *Mir geht es wie dir, Baby.*

»Willst du zuerst duschen?«, fragte ich beiläufig. »Klamotten besorgen wir morgen. Du könntest in einem Handtuch eingewickelt schlafen. Etwas anderes kann ich dir im Moment nicht bieten.«

Ohne mich anzusehen, nickte sie, dann ging sie ins Bad. Kurz setzte ich mich auf die Couch. Ich versuchte an etwas anderes zu denken, aber das Zimmer war so klein, dass ich sie duschen hörte. Ich bildete mir ein, zu hören, wie das Wasser an ihrem Körper hinunterrutschte, und wischte mir mit den Händen über die Augen. Ich konnte nicht verhindern, mir ihren Körper vorzustellen. Mein Kopf wurde von Bildern überflutet. Nichts anderes hatte darin mehr Platz. Noch schlimmer wurde es, als sie in einem Handtuch bekleidet aus dem Bad kam. Ich musste all meine Willenskraft einsetzen, um sie nicht anzustarren. Um mir die Tortur zu ersparen, ging ich selbst ins Bad. Ich hatte heute bereits zwei Mal geduscht, aber ich musste hier raus, also ging ich erneut. Am liebsten wäre ich so lange unter dem Wasserstrahl geblieben, bis sie sicher eingeschlafen war, aber es wäre verantwortungslos gewesen, sie so lange allein zu lassen. Ich blieb zumindest so lange weg, wie es reichte, um mir einzureden, wie schwachsinnig meine Gedanken waren. Sie war einfach nur eine Frau. Noch dazu eine, die ich niemals bekommen konnte oder würde. Wieder und wieder sagte ich mir, dass es nutzlos war, meine Energie mit den Gedanken an sie zu verschwenden, aber sobald ich ins Zimmer zurückkehrte, warf ich meine Vorsätze über Bord und mein Körper fing erneut an zu brennen.

Erst als ich bemerkte, wie sie mich anblickte, sah ich an mir herunter. In Boxershorts stand ich vor ihr. Ich hatte nicht darüber nachgedacht, bevor ich aus dem Bad getreten war.

»Ich hoffe, es stört dich nicht. Stell dir einfach vor, wir wären am Strand«, sagte ich zu ihr.

»Lorenzo sollte lieber nicht erfahren, dass wir halb nackt im selben Zimmer geschlafen haben. Das würde er nicht gut aufnehmen.«

»Du hast recht, würde er nicht.«

Dann näherte ich mich der Couch und legte mich hin. Ich hätte nur den Arm ausstrecken müssen, um das Bett zu berühren. So nahe waren wir uns.

Walid hatte uns ein bisschen Essen mitgegeben. Wir hatten es während der Fahrt verzehrt. Trotz des langen Tages und des vollen Bauches war ich überhaupt nicht müde. Es lag vermutlich an der Frau, gleich neben mir, und daran, dass mein Herz ihretwegen schneller pumpte. Als sie die Fernbedienung nahm und den Fernseher einschaltete, war ich dankbar für die Ablenkung. Alle Programme liefen auf

Arabisch. Sie schaltete einen Film ein und obwohl wir kein Wort verstanden, starrten wir hin, als würde unser Leben davon abhängen. Vermutlich tat es das sogar.

Irgendwann sah ich zu ihr. »Du solltest ein Bisschen schlafen.«

Sie drehte sich um und ich blickte in ihre wunderschönen kastanienbraunen Augen.

»Du auch.«

»Ja, das sollte ich. Es wird eine lange Fahrt. Ich werde den Wecker um fünf Uhr früh stellen. Dann fahren wir los.«

Sie nickte, schaltete den Fernseher aus und drehte mir den Rücken zu. Kurz darauf schloss auch ich die Augen.

Es dauerte eine Weile, bis ich einschlief. Ich bildete mir ein, zu hören, wie ihre Schenkel aneinander streiften. Kurz vorm Durchdrehen hatte ich die Zähne zusammengebissen. Ich brauchte dringend eine Frau. Eine, die meinen Körper wieder auf Normaltemperatur brachte.

# Kapitel 12

*Giulia*

So nahe neben Raul zu liegen, bewirkte gemischte Gefühle in mir. Einerseits reichte es aus, an sein unwerfendes Aussehen zu denken, damit ich ganz kribbelig wurde. Aber immer wieder erinnerte ich mich daran, dass er ein kaltblütiger Killer war, und bekam eine Gänsehaut. Dieser Mann hatte vermutlich bereits mehr Menschen getötet, als ich bisher in Kalabrien kennengelernt hatte. An seinen wunderschönen Händen klebte Blut, und sicher nicht wenig. Dann dachte ich an Lorenzo. Ich fragte mich, ob er auch schon mal getötet hatte. Allein aus Angst vor seiner Antwort hatte ich ihn nie gefragt, aber eins stand fest, er beauftragte Morde. War das etwa weniger schlimm? Sicher nicht, und doch hatte ich mich damit arrangiert, indem ich mit ihm zusammen war und mir einbildete, all diejenigen, die er auf dem Gewissen hatte, wären Verbrecher und keine Unschuldigen.

Noch vor dem Wecker wachte ich morgens auf. Ich wusste nicht, wie spät es war, aber ich ahnte, dass der Wecker bald klingeln würde. Langsam drehte ich mich Richtung Couch. Raul schlief tief und fest. Er war sicher kaputt. Kein Wunder! Er befand sich schließlich auf Dauerstrom, da er allein auf mich aufpassen musste.

Mein Blick fiel auf seine Lippen. Zum Anbeißen sahen die aus. Was für eine Verschwendung! Dieser Mann war äußerlich so vollkommen, dass er problemlos Model oder

Schauspieler hätte werden können. Vorzugsweise Unterwäschemodel. Davon hatte ich mich am Vorabend selbst überzeugt. Warum um Gottes Willen war er auf die Idee gekommen, bei der Mafia einzusteigen und Leute zu töten?

Mein Blick fuhr weiter zu seinem Hals und zu den Schultern. Unvermittelt fragte ich mich, was für ein Gefühl es wäre, an seinem Körper gepresst zu sein, von ihm geküsst, von seinen starken Armen gehalten zu werden.

Entsetzt riss ich meinen Blick von ihm weg. Wie kam ich denn nur auf solche Gedanken?! Ich war vergeben und dieser Mann nichts weiter als ein Killer!

Dann klingelte der Wecker. Als ich hinsah, öffnete er die Augen. Das hatte bereits gereicht, um mich wieder zum Kribbeln zu bringen. Der Blick, aus diesen unglaublichen, olivgrünen Augen würde jede Frau zum Schmelzen bringen. Es lag nicht an mir. Dieser Anblick hätte niemanden kalt gelassen.

Das Handy lag auf dem Boden. Um es auszuschalten, drehte er sich auf den Bauch. Dabei rutschte die Decke bis zu seinen Hüften. Das Kreuztattoo erregte meine Aufmerksamkeit sowie seine Rückenmuskulatur. Wirklich beeindruckend!

Dann drehte er sich wieder und setzte sich auf. Müde fuhr er sich mit den Händen über das Gesicht. Ich konnte nicht anders und blickte auf seine Bauchmuskeln. Von Nahem sahen sie noch unglaublicher aus. Als er mich wieder anblickte, sah ich von seinem Bauch weg und in sein Gesicht.

»Guten Morgen«, sagte er verschlafen. Ihn so zu sehen war merkwürdig. Es machte ihn so wunderbar menschlich. Selbst verschlafen sah er atemberaubend aus. Möglicherweise sogar mehr als sonst schon.

»Guten Morgen«, sagte ich lächelnd.

»Ich würde vorschlagen, wir ziehen uns an, suchen uns etwas, wo man Frühstück bekommt, und fahren weiter.«

»Okay.«

»Wir sollten Lorenzo anrufen.« Als er das sagte, stand er auf. Wieder einmal blickte ich auf seinen knackigen Hintern, während er ins Bad ging.

»Wenn du meinst«, sagte ich, dann stand ich selbst auf.

Nur wenige Minuten später waren wir unterwegs. Wir fuhren eine Weile, denn um diese Uhrzeit hatte alles noch geschlossen. Unterwegs hielten wir auf einem gut besuchten Bazar. Es war fast acht Uhr und wir waren am Verhungern. Auf der Suche nach Essen und Kleidung zwängten wir uns durch die engen Straßen. Rechts und links tummelten sich Stände. Die meisten Händler verkauften Gewürze. Das bunte Pulver leuchtete in wunderschönen Farben. An den meisten Ständen mit Speisen gab es Couscous und Fleisch. Irgendwann freundeten wir uns damit an und kauften uns Würste, die Merguez hießen, und dazu das grob gemahlene Getreide. Wir setzten uns auf die nahegelegenen Stufen eines Hauses und fingen an zu essen. Gleichzeitig spürten wir die Schärfe der Wurst auf unseren Zungen. Raul sprang auf und fing an zu husten. Das brachte mich so zum Lachen, dass ich mein eigenes Leid fast vergessen hätte. Er trank einen großen Schluck Wasser. Erst da fing es bei mir an, richtig zu brennen. Auch ich sprang auf, was wiederum ihn zum Lachen brachte. Er reichte mir die Flasche und ich trank so hastig, dass ich die Hälfte auf meine Klamotten schüttete. Wieder musste er lachen. Zur Strafe bewarf ich ihn mit Wasser. Die Leute um uns herum beobachteten uns entsetzt, aber wir ließen uns nicht stören. Es war das erste Mal, dass ich Raul so unbeschwert erlebte.

Wir einigten uns darauf, uns auf den Couscous zu beschränken. Einigermaßen satt gingen wir weiter auf der

Suche nach Kleidung. Wir fanden alles, was wir brauchten. Sogar Zahnbürsten und Zahnpasta. Als wir uns beim Unterwäschestand befanden, wurde es heikel. Raul meckerte über die billigen Boxershorts, was mich dazu brachte, die Augen zu verdrehen. Es war mir nicht entgangen, dass er italienische Markenteile untenherum trug. Nicht dass sein Körper es nicht verdient hätte, in den besten Stoffen gehüllt zu werden, aber wir hatten weiß Gott, andere Sorgen. Wie ein altes Ehepaar diskutierten wir über jedes einzelne Teil. Dann war ich dran. Ich hatte es aus Scham vor mir hergeschoben. Die Tatsache, dass er mit mir mitschaute, machte mich verlegen. Er merkte nichts davon. Immer wieder zog er einige Teile aus der Menge und zeigte sie mir. Irgendwann schnappte ich mir einfach ein paar davon und er zahlte. Er bestand darauf, alles zu tragen.

Am Auto angekommen warf er die Tüten in den Kofferraum neben die Waffen, und das erinnerte mich wieder daran, dass das kein Urlaub war, obwohl es sich kurzzeitig so angefühlt hatte.

# Kapitel 13

*Raul*

Nachdem ich meine Sonnenbrille aufgesetzt hatte, fuhren wir wieder los. Wir hatten eine nicht unbeträchtliche Menge an Fladenbrot und Wasser mitgenommen. Notfalls würden wir zumindest weder verhungern noch verdursten.

Ihr Gesicht, als wir ihre Unterwäsche ausgesucht hatten … köstlich! Ich amüsierte mich immer noch darüber und wieder fragte ich mich, wie jemand so prüde sein konnte. Ich hatte sie schließlich nicht gebeten, die Teile vor mir anzuprobieren!

Mittags hielten wir an einer Tankstelle. Ich tankte den Wagen, wir kauften uns etwas zu essen und besuchten die Toilette. Immer wieder amüsant, wenn ich sie auf die Toilette mitnahm. Es musste zudem unauffällig geschehen, denn in so einem Land konnte man leicht Probleme deswegen bekommen. Ich hatte keine Angst und genug Geld, um Gesetzeshüter zu schmieren, aber den Ärger wollte ich mir sparen.

Sie stellte sich in die Ecke. Gefühlt wurden diese Toiletten immer kleiner. Sie stand gerade mal anderthalb Meter von mir entfernt. Wieder hielt sie Augen und Ohren geschlossen und ich lachte leise.

Als wir am Nachmittag durch eine kleine Stadt fuhren, sah sie sich neugierig um.

»Es ist kein Mensch unterwegs«, wunderte sie sich und sah mich fragend an.

»Es ist Freitag. Die Menschen sind um diese Zeit alle beim Freitagsgebet.«

»Wieso weißt du sowas?«

Lachend blickte ich wieder nach vorne. »Wieso weißt du sowas nicht? Du hast studiert, oder?«

»Ich habe Archäologie studiert. Aber ja, vom Freitagsgebet habe ich gehört, ich dachte nur nicht, dass dann wirklich alle dorthin gehen würden.«

»In manchen Ländern ist es Pflicht.«

Wieder sah sie mich fragend an.

»Ich reise häufig«, erklärte ich mein Wissen und sie nickte.

Es würde bald dunkel werden und wir fuhren durch eine Sandoase. Weit und breit war nichts in Sicht außer Sand, ein paar Bäume und hin und wieder größeres Gestrüpp. Das war der perfekte Ort, um das zu tun, was ich mir schon länger für sie vorgenommen hatte.

Ich hielt an, nahm meine Sonnenbrille ab und drehte mich zu ihr.

»Wieso halten wir?«, fragte sie überrascht.

»Ich möchte dir etwas beibringen. Nur für den Notfall.«

Desorientiert sah sie sich im Auto um. Vermutlich dachte sie, ich meinte das Autofahren.

»Was meinst du?«

Ohne ihr zu antworten, stieg ich aus dem Wagen, ging zu ihrer Seite und öffnete die Tür.

»Komm, ich werde dir etwas zeigen.«

Sie blieb nach wie vor sitzen und ich lächelte sie aufmunternd an. »Komm schon, wir haben nicht den ganzen Tag Zeit.«

Verwirrt stieg sie aus und sah mich neugierig an.

»Ich werde dich nicht allein lassen, aber sollte doch etwas passieren, möchte ich, dass du vorbereitet bist.«

»Wovon redest du?«

Ihre Augen wurden riesig, als ich die Waffe aus dem Hosenbund zog. Um sie nicht zu ängstigen, legte ich sie auf den Boden.

»Du solltest das Schießen lern …«

»Nein«, unterbrach sie mich kopfschüttelnd.

»Stell dir vor, die beiden Männer hätten mich getroffen. Sie wären ausgestiegen, um dich zu holen. Was hättest du dann getan?«

»Geschrien?«

Amüsiert sah ich sie an. »Vermutlich, ja. Leider hätte dich das nicht gerettet. Sie hätten dich mitgenommen oder dich gleich getötet. Wüsstest du stattdessen, wie man schießt, hättest du es durchaus schaffen können.«

»Ich glaube nicht, dass ich auf jemand schießen könnte.«

Aufgeregt ging sie etwas zur Seite. Ich ließ ihr kurz Zeit, näherte mich ihr dann aber.

»Hör zu. Ich denke nicht, dass du es jemals tun musst, aber es kann doch nicht schaden, es zu können, oder?«

Ich sah ihr deutlich an, dass sie ihre Antwort abwägte. Letztendlich nickte sie. »Na schön. Einen besseren Lehrer werde ich wohl kaum bekommen, also los, zeig es mir.«

Unsicher, ob ihre Aussage ein Kompliment oder eine Rüge war, ging ich zurück zum Auto, bückte mich und schnappte mir die Waffe. Bis ich vor ihr stand, hielt ich sie gesenkt. Erst als ich wieder bei ihr war, hob ich sie an und zeigte ihr, wie ich sie hielt und wie ich zielte.

»Jetzt du«, sagte ich zu ihr.

Zaghaft nahm sie die Waffe entgegen. Augenblicklich riss sie die Augen auf.

»Wow! Die ist aber schwer! Sah so leicht aus, als du sie hieltest.«

Ich verkniff mir das Lachen. »Ich bin das Gewicht gewohnt«, sagte ich zu ihr, bereute meine Worte aber sofort.

Sie dachte eh schon, ich würde nichts weiter tun, als bewaffnet durch die Gegend zu rennen und Leute zu erschießen.

»Halt sie so.« Ich nahm ihre Hand und streckte ihren Arm. »Es ist wichtig, dass du sie ruhig hältst. Wenn jemand dich bedroht und du Angst bekommst, schluck es herunter und versuch trotzdem, dich zu konzentrieren.«

Kurz drehte sie mir den Kopf zu, sah aber schnell wieder nach vorne.

»Und jetzt drück ab.«

Um zu verhindern, dass sie beim ersten Schuss zurückschreckte und sich wohlmöglich verletzte, hielt ich nach wie vor ihre Hand.

»Nein, Raul. Ich kann …«

»Drück ab, habe ich gesagt.« Mein Ton wurde strenger. Sofort spürte ich, dass sie nervös wurde, und versuchte wieder ruhiger mit ihr zu reden. »Überwinde dich. Wenn du es ein paar Mal gemacht hast, ist es nicht mehr so schlimm. Es ist keiner hier. Du wirst niemandem weh tun.«

Ich sah, wie sie neben mir schluckte. Ihre Hand zitterte bereits ein wenig. Doch dann holte sie tief Luft und schoss. Unvermittelt zitterte sie noch mehr.

»Und jetzt nochmal«, sagte ich und ließ sie los.

In dem Moment klingelte mein Handy. Ich holte es aus der Hosentasche und sah auf das Display.

»Es ist Lorenzo.«

Sie senkte die Waffe und ich ging ran.

»Enzo?«

»Alles gut bei euch? Wo seid ihr?«

»Mitten im Nirgendwo. Wir sind in Algerien.«

»Wie geht es ihr?«

»Warte, ich gebe sie dir.«

Ich nahm ihr die Waffe ab und reichte ihr das Telefon.

»Lorenzo?« Ich erkannte, dass sie nach wie vor aufgeregt war. »Mir geht es gut. Wir machen gerade eine Pause. Ich musste mir die Beine vertreten.«

Überrascht runzelte ich die Stirn. Sie log ihn an? Wieso?

»Ja, es wird schon gehen. Wie geht es dir?«

Lorenzo hatte vermutlich etwas Schönes gesagt, denn plötzlich lächelte sie.

»Ich dich auch. Ja, ich gebe ihn dir.«

Sie reichte mir das Handy zurück und ich ging ran. Er fragte, ob bei Walid alles gut gelaufen wäre und wie lange wir noch bis nach Marokko bräuchten. Dann legten wir auf und ich sah sie an.

»Wieso hast du ihm nicht gesagt, was wir hier tun?«

Zuerst zuckte sie mit den Schultern, doch dann antwortete sie. »Ich wusste nicht, ob er etwas dagegen hat. Ich wollte dich nicht in Schwierigkeiten bringen.«

»Mach dir meinetwegen keine Sorgen.«

Nachdem ich das gesagt hatte, blickte ich weg. Die Tatsache, dass sich jemand überhaupt Gedanken wegen mir machte, war mir neu und brachte mich irgendwie in Verlegenheit.

»Sind wir jetzt fertig mit Schießen?«

»Wir sind erst fertig, wenn du das Magazin geleert hast. Aber warte. Wir fahren ein Stückchen weiter zu dem Gestrüpp. Ich werde das Auto dahinter parken. Du kannst dann gegen den Baum schießen und wir sind geschützt für die Nacht.«

»Wir übernachten hier?«, fragte sie mit großen Augen.

»Wieso nicht? Es ist sicherer, als nachts durch die Gegend zu fahren. Wir sind in der Nähe der Grenze. Es ist nicht unüblich, dass Rebellen und Terroristen ihre Runden hier drehen.«

Angsterfüllt sah sie mich an und ich lächelte aufmunternd. »Mach dir keine Sorgen. Wir haben genug Waffen. Es wird schon keiner hinter dem Gestrüpp nach uns suchen, und wenn, wird es kein ganzes Bataillon sein. Steig ein.«

Ich parkte das Auto so, dass man es von der Straße aus im Dunkeln nicht sehen konnte. Dann stiegen wir wieder aus und ich reichte ihr die Waffe.

»Versuch, den Baum zu treffen.«

Selbstsicherer als vorher schnappte sie sich die Pistole und hob die Arme. Sie war ein Naturtalent. Kurz darauf schoss sie. Stolz drehte sie sich zu mir und ich grinste sie an.

»Super gemacht und jetzt weiter. Ich bereite in der Zeit das Abendessen vor.«

Breit lächelnd sah sie mich an. »Was für Abendessen?«

»Brot und Wasser.«

Entgeistert verdrehte sie die Augen und wandte sich wieder ihrem Baum zu.

Ich öffnete den Kofferraum und holte zwei Decken heraus. Es dämmerte bereits. Wir hatten ein paar Taschenlampen dabei, aber die würden wir nur im Notfall benutzen.

Nachdem ich Brot und Wasser auf die Decke gelegt hatte, holte ich das, was Walid mir in den Kofferraum unter die Abdeckung hatte legen lassen. Eine Flasche hausgebrannten Schnaps. Ich durfte nicht übertreiben, aber ich hatte einen kleinen Schluck nötig. Während ich alles bereitlegte, hörte ich ihre Schüsse. Ohne hinzusehen, wusste ich, wann sie traf und wann nicht. Die meisten Schüsse gingen daneben, aber dafür, dass es das erste Mal war, war es ziemlich beeindruckend. Zumindest hatte sie die Angst verloren. Noch bevor es passierte, wusste ich, dass es gleich leer klicken würde.

Überrascht sah sie mich an. »Ich glaube, das war es schon.«

»Ich glaube auch«, sagte ich amüsiert. »Komm, lass uns etwas essen, bevor es ganz dunkel wird.«

Als sie sich näherte, nahm ich ihr die Waffe ab, brachte sie in den Kofferraum und nahm eine geladene mit. Dann setzte ich mich zu ihr und lehnte den Rücken an das Auto.

Sie hatte bereits ein Stück Fladenbrot in der Hand. »Was würde ich für ein bisschen Butter geben«, sagte sie leise und ich nickte.

»Es gibt Schlimmeres. Stell dir vor, wir hätten gar nichts.«

»Stimmt.«

»Dafür haben wir das«, sagte ich zu ihr und hob die Flasche mit dem Schnaps an.

»Was ist das?«

»Ein Geschenk von Walid. Ein kleiner Schluck davon reicht, um Tote wieder ins Leben zu holen, also sachte damit.«

Ich öffnete die Flasche und reichte sie ihr zuerst. Unsicher nahm sie sie.

»Weißt du, ich trinke selten.«

Erschrocken nahm ich ihr die Flasche wieder ab. »Dann solltest du lieber nicht davon trinken.«

»Ach komm! Ein kleiner Schluck wird mich schon nicht umbringen. Ich glaube sogar, es wird mir gut tun.«

Kurz zweifelte ich, aber dann gab ich ihr die Flasche zurück. Was solls. Dann würde sie eben schneller einschlafen.

Sie legte sie an den Mund und trank so zügig, dass viel mehr in ihrer Kehle landete, als sie hätte trinken sollen.

# Kapitel 14

*Giulia*

Ein Brennen, wie ich es noch nie gespürt hatte, breitete sich von meinem Hals bis in meinen Bauch aus. Ich war mir ziemlich sicher, dass ich Feuer spucken könnte.

Mit weit aufgerissenen Augen schnappte ich mir die Wasserflasche. Im Hintergrund hörte ich Raul lachen.

»Ich habe doch sachte gesagt.«

Dann schnappte er sich den Schnaps und trank, im Gegensatz zu mir, einen kleinen Schluck.

Es dauerte nicht lange und ich spürte die komische Wärme auch in meinem Kopf. Als ich mich ihm zuwandte, musste ich komisch geguckt haben, denn er lachte erneut.

»Bist du etwa schon betrunken?«

Erst da bemerkte ich, wie nah ich ihm saß. Am liebsten hätte ich die Hand zu seinem hübschen Gesicht mit dem Grübchen ausgestreckt und ihn berührt. Er war fast unwirklich schön.

Stirnrunzelnd blickte er mich an. Vermutlich fragte er sich, worüber ich nachdachte und warum ich ihn anstarrte, aber er sagte nichts.

Eine ganze Weile saßen wir schweigend da. Er hatte sich damit abgefunden, dass ich noch ein bisschen mehr trinken wollte, und mich gelassen. Er selbst trank auch, schien aber eindeutig mehr zu vertragen als ich.

Es war mittlerweile dunkel. Die Sterne am Nachthimmel leuchteten so schön, wie ich es noch nie erlebt hatte. Es war ganz still. Kein bisschen Wind wehte. Wortlos starrten wir nach oben. Es war so düster, dass ich Raul, obwohl er neben mir saß, kaum sehen konnte. Wir hatten zwar Taschenlampen, aber er hatte vorgeschlagen, die nur im Notfall zu benutzen, damit wir unentdeckt blieben.

»Es ist unglaublich warm. Wie spät haben wir es überhaupt?«, fragte ich irgendwann. Die Uhrzeit war mir fast egal. Ich sehnte mich danach, seine Stimme zu hören.

Raul nahm das Handy aus der Hosentasche und sah nach. Das Licht davon war gedämmt, trotzdem reichte es, um wieder alles um mich herum zu erkennen. Wobei das Einzige, was ich mir ansah, sein hübsches Gesicht war.

»Es ist zweiundzwanzig Uhr.«

Seine Stimme klang unglaublich anziehend. Ich fühlte mich beschwipst. Es lag aber nicht daran, denn dass seine Stimme sexy war, hatte ich längst bemerkt.

Raul hatte mehr getrunken als ich, aber er sah zumindest äußerlich immer noch komplett nüchtern aus.

»Spürst du etwas von dem Schnaps?«, fragte ich neugierig.

»Sicher nicht so viel wie du, aber ja, genug.«

Seine Stimme hatte einen heiseren Ton angenommen und die Tatsache, dass er leise sprach, hatte etwas Intimes an sich.

Augenblicklich musste ich wieder an die Geschichte aus der Bibel denken. Sie passte nicht nur im Allgemeinen gut auf ihn. Genau wie ein Apfel, sah er auch noch zum Anbeißen aus. Unvermittelt musste ich kichern.

An seiner Stimme erkannte ich, dass er mir zugewendet war. »Wieso lachst du?«, fragte er amüsiert.

»Weil du ein Apfel bist.«

Erneut fing ich an zu kichern, und dieses Mal stimmte er mit einem Lachen ein.

»Ich bin ein Apfel?«

Kaum hatte er das gesagt, hob er den Finger und ich verstand, dass ich leise sein sollte. Dann hörte ich es auch. Ein Wagen näherte sich uns. An der Lautstärke erkannte ich, dass es noch ziemlich weit weg sein musste. Trotzdem bekam ich Angst.

Um nachzusehen, zog er sich vorsichtig ein wenig hoch. Als er sich zurücksetzte, fluchte er.

»Sie werden an der Straße hier vorne lang fahren.«

Ich wollte selbst aufstehen, um etwas sehen zu können, aber er hinderte mich daran, indem er mich wieder herunterzog.

»Ich will auch gucken«, schimpfte ich und versuchte erneut, aufzustehen.

Schnaubend und mit einer schnellen Bewegung zog er mich ganz nach unten und legte sich auf mich.

»Sei still«, hauchte er mir zu. »Du musst unten bleiben.«

Mit einer Hand nahm er langsam die Waffe aus seinem Hosenbund.

Die Autogeräusche wurden lauter. Sie hatten das Fenster unten und ich erkannte arabische Musik.

Um mich nicht zu erdrücken, lehnte sich Raul auf seine Unterarme, die nun neben meinem Kopf ruhten. Genau wie die Waffe in seiner Hand.

Wir machten Fortschritte. Vor Kurzem hätte ich mich ihm keinen Meter genähert, und nun lag er auf mir mit der Pistole neben meinem Kopf. Ich fühlte einiges. Angst gehörte nicht dazu.

Ich spürte seinen Atem auf mir, als er sich mir zuwandte. Obwohl es dunkel war, erkannte ich seinen warnenden Blick. Er war auf der Hut und ich dachte an nichts anderes als an seinen Körper, wovon ich gerade jeden Millimeter spüren konnte.

Die Musik wurde leiser. Offensichtlich waren die Leute bereits an uns vorbeigefahren.

Erleichtert ließ Raul den Kopf sinken und die Luft entweichen. Sein Atem kitzelte meinen Hals und eine Gänsehaut überlief mich.

Plötzlich wurde er ganz still. Es wirkte, als wäre ihm erst in dem Moment bewusst geworden, dass er auf mir lag.

Das fremde Auto war bereits seit einer Weile weg, aber er lag nach wie vor auf mir.

Mein Herz pochte mittlerweile wie verrückt. Noch mehr, als er sich langsam rührte und dadurch tiefer zwischen meine Beine rutschte. Er wollte aufstehen. Aus einem Impuls heraus legte ich eine Hand auf seinen Nacken und hielt ihn zurück.

Erneut ließ er den Kopf sinken. Seine Unterarme rutschen etwas nach oben, und seine Hände fassten mir an den Kopf. Wobei seine Finger in mein Haar griffen. Allein diese leichte Berührung reichte, damit mir schwindelig wurde. Die Tatsache, dass er zwischen meinen Beinen lag und ich seine Erektion an meiner Mitte spürte, machte mich so heiß, dass ich vermutlich jeden Moment anfangen würde zu brennen. Augenblicklich wusste ich, ich wollte diesen Mann. Ganz egal, was er war.

Dann hob er den Kopf und sah mich an.

*Gott im Himmel!*

Ihn so nahe zu haben, war ein kaum zu beschreibendes Gefühl. Sein Blick richtete sich kurz auf meine Lippen. Er brauchte nichts zu sagen. Ich wusste genau, dass er mich auch wollte. Als er mir wieder in die Augen sah, konnte ich nicht verhindern, ihn voller Erwartungen anzublicken. Meine Lippen teilten sich, als er seinen Kopf senkte. Es passierte wie in Zeitlupe. Unvermittelt legte er seine Lippen auf meine. Es fühlte sich wie eine Explosion der Sinne an, als er seine Zunge in meinen Mund schob. Es war unglaublich, wie gut er schmeckte und wie er küsste. Ohne Halt küssten wir uns, doch ganz plötzlich ließ er von mir ab. Sein Kopf sank erneut zum Boden.

»Scheiße! Es tut mir leid. Ich weiß nicht …«

»Mir nicht«, unterbrach ich ihn.

Überrascht hob er den Kopf an. Zuerst sagte er nichts. Dann sah er weg. »Wir sind betrunken.« Seine leise, heisere Stimme ließ mich vor Begehren erzittern.

»Ein wenig, ja. Daran liegt es aber nicht. Ich fand dich davor schon heiß.«

Was war los mit mir, dass ich ihm das erzählte?!

Amüsiert sah er mich wieder an. »Tatsächlich?«

Seine Finger bewegten sich erneut in mein Haar. Es machte den Eindruck, als würde er sie dort oben beschäftigt halten, allein aus Angst, sie könnten etwas anderes tun. Seine Lippen schwebten nur Millimeter über meine. Unvermittelt wurde er wieder ernst.

»Das dürfen wir nicht.«

»Es ist keine Menschenseele hier. Lass es uns einfach hinter uns bringen. Keiner wird es je erfahren.«

»Es hinter uns bringen?«, sagte er lachend. »Du bist eindeutig betrunken.«

# Kapitel 15

*Raul*

Was war nur los mit ihr? Aber vor allem, was zum Teufel war los mit mir?!

Sie war verdammt nochmal die Frau des Bosses!

Damit sie sich nicht rührte, hatte ich mich ohne Nachzudenken auf sie gelegt. Erst als die Gefahr vorüber war, wurde mir ihr Körper unter meinem bewusst.

Sie unter mir zu spüren, war berauschend. Obwohl ich es vorhatte, war ich nicht in der Lage gewesen, mich von ihr zu trennen. Allein ihren Geruch einzuatmen, benebelte mein Gehirn so sehr, dass ich nicht mehr wusste, wo unten und wo oben war.

All meine Kraft bündelnd schaffte ich es letztendlich, den Entschluss zu fassen, aufzustehen. Niemals hätte ich damit gerechnet, dass sie versuchen würde, mich aufzuhalten.

Vom ersten Moment an, als sie bei Lorenzo hereingeplatzt war, zog sie mich an. Da war etwas an dieser Frau. Und doch wäre mir nie in den Sinn gekommen, dass zwischen uns etwas laufen könnte. Wie Lorenzo bereits sagte, sie war tabu und doch lag sie jetzt unter mir und wollte mich. Genau wie ich sie.

Sie legte ihre Hände hinter meinen Nacken. Kurz sah ich sie an, dann lehnte ich frustriert meine Wange an ihre.

»Wieso tust du mir das an?«

»Weil du heiß bist. Findest du mich nicht heiß?«, flüsterte sie und ich lachte.

»Doch, durchaus«, gab ich zu, aber es war mehr als das. Diese Frau war etwas ganz Besonderes und ich wollte sie mit einer Intensität, die ich noch nie gespürt hatte.

Als ihre Daumen meinen Kiefer streichelten, war es aus. Obwohl es den Tod bedeuten konnte, nahm ich erneut ihren Mund in Besitz. Zu spüren, dass sie mich genauso begehrte, war so berauschend, dass ich die Kontrolle verlor. Mit einer Hand fuhr ich unter den Saum ihres T-Shirts. Ihre Haut zu berühren hatte etwas Magisches an sich. Als auch sie ihre Hand bei mir reinschob und meinen Rücken berührte, war es der Anfang, vom Ende. Um nichts in der Welt hätte ich mich von ihr gelöst. Hätte man uns bedroht, hätte ich vermutlich kurz eine Hand entbehrt, um zu schießen, mehr nicht.

Das Verlangen, in ihr zu sein, wuchs, und zwar so intensiv, dass mir ganz schwindelig wurde. Ein leises Knurren entfuhr meiner Kehle. Allein die leisen Töne, die sie hin und wieder ausstieß, würden vermutlich reichen, um mich zum Höhepunkt zu bringen. Ich spürte, wie ihr Atem schneller ging, aber es reichte mir plötzlich nicht mehr. Ich wollte in ihr sein und wollte sie meinen Namen schreien hören, wenn sie kam.

Gierig schob ich ihr Shirt und den BH nach oben und nahm ihre Brust in den Mund. Sofort stöhnte sie. Ihre Nippel waren bereits hart. Dann küsste ich sie wieder. Ohne den Kuss zu unterbrechen, zog ich sie aus. Sie tat dasselbe mit mir. Mitten auf einer Sandoase unter dem Sternehimmel, mit ihr Sex zu haben, fühlte sich unglaublich an. Es war fast unwirklich. Dann küsste ich ihren Bauch und presste ihre Beine auseinander. Ich musste sie schmecken. Es würde nur dieses eine Mal geben, und das würde ich genießen. Umso näher ich ihrer Mitte kam, umso schneller ging ihr Atem. Dann vergrub ich meine Zunge in ihr. Gott!

Wie sie schmeckte! Alles an ihr war verdammt einmalig. Sie stöhnte so laut, dass ich noch viel mehr als vorher den Drang verspürte, sie zu besitzen. Sie legte die Hände sanft an meinen Kopf und ich liebte es. Ich liebte ihre Berührungen, selbst die kleinsten. Unvermittelt spürte ich, dass sie sich dem Höhepunkt näherte. Ich saugte und leckte sie härter. Ihre Nägel gruben sich in meine Schultern. Es war hinreißend. Noch mehr, als ihre Spannung sich löste und ich ihren Orgasmus schmeckte.

Als ich mir küssend einen Weg nach oben bahnte, fiel mir plötzlich etwas ein. Mit einem frustrierten Schnauben senkte ich das Gesicht auf ihren Bauch.

»Was ist los?«, hörte ich sie fragen.

Ich ging weiter zu ihr und küsste sie. »Ich habe kein Kondom.«

»Zieh ihn vorher raus«, hauchte sie und ich musste wieder lachen. Ich fragte mich, wann ich überhaupt zuletzt so viel gelacht hatte.

Kurz darauf sah ich sie wieder ernst an. Noch nie hatte ich ohne Kondom mit jemandem geschlafen. Es wäre eine Premiere für mich. Und das ausgerechnet mit ihr. Blind vor Verlangen saugte ich an ihrem Hals. Meine Erektion drückte bereits an ihrer Öffnung.

Als ich mehr Druck ausübte, spürte ich, wie sie sich versteifte. Sofort blickte ich sie an, aber sie nickte. Dass sie mich so sehr wollte, machte mich sprachlos. Mein Kopf war wie leergefegt. Nichts, außer sie, war mehr von Bedeutung. Mit einem Ruck drang ich in sie ein. Ein komischer Laut verließ ihren Mund, während ihre Knie an meinen Seiten drückten.

»Habe ich dir weh getan?«, fragte ich unsicher.

»Nein, alles gut. Hör nicht auf.«

Ich holte tief Luft. Es fiel mir schwer, mich zu beherrschen. Zu stark war das Verlangen nach ihr. Trotzdem machte ich langsam. Ich gab ihr Zeit, sich an meine Größe zu gewöhnen. Nur behutsam steigerte ich das Tempo.

Es dauerte nicht lange, bis sie sich komplett entspannte. In ihr zu sein war mit keinem Gefühl der Welt vergleichbar. Ich hatte in meinem Leben weiß Gott genug Sex gehabt, aber das hier fühlte sich völlig anders an. Es lag nicht daran, dass ich kein Kondom trug. Es war die Tatsache, dass sie es war und ich nie eine Frau mehr gewollt hatte.

Ihre Hände auf mir zu spüren, ließ ein Prickeln über meine Haut wandern. Ich konnte mich beim besten Willen nicht erinnern, jemals eine Gänsehaut gehabt zu haben. Zumindest nicht wegen einer Frau. Sie war verdammt eng, und das machte mich noch verrückter nach ihr.

Immer tiefer presste ich meine Erektion in sie hinein und ihr Stöhnen wurde lauter. Mein Mund saugte an ihren Nippeln, an ihrem Hals an ihren Lippen. Am liebsten hätte ich jeden Millimeter von ihr im Mund gehabt. Ich konnte nicht genug von ihr bekommen. Unsere Blicke trafen sich, während unsere Körper ineinander verschmolzen. Mit jedem Stoß wurde ihre Atmung schneller und unregelmäßiger. Ich steigerte das Tempo und sie wurde lauter. Als sie bittend meinen Namen rief, wusste ich, dass sie wieder fast beim Höhepunkt war.

Ich hätte es gerne weiter hinausgezögert, allein damit dieser Moment niemals endete, aber ich konnte nicht. Zu stark waren die Empfindungen, die ich durch sie verspürte.

Dann zog sich alles in ihr zusammen. Ich dachte, ich müsste vor Lust sterben, als ihr Inneres anfing, mich zu melken. Kurz ließ ich es zu, dann zog ich meine Erektion aus ihr heraus und ergoss mich auf ihren Bauch. Das warme Sperma auf ihr schien sie noch mehr in Ektase zu versetzen.

Ich beruhigte meinen Atem, dann ging ich zum Auto, holte eins meiner neuen T-Shirts heraus und machte damit ihren Bauch sauber.

Ganz überraschend setzte sie sich hoch und küsste mich. Ich war hin und weg von ihrer süßen Art, das zu tun. Noch nie hatte ich jemanden so geküsst. Alles, was ich kannte, war animalische Leidenschaft. Das Sanfte war mir völlig fremd und es haute mich um.

Es war so warm, dass wir eine Weile nackt dalagen. Dann zogen wir uns an, setzten uns ins Auto und nachdem wir die Sitze heruntergefahren hatten, schliefen wir ein.

Als ich am nächsten Morgen aufwachte, blickte ich in ihr wunderschönes Gesicht und musste lächeln. Wieder musste ich an ihre Worte vom Vorabend denken und mein Lächeln wurde breiter. *„Lass es uns hinter uns bringen"*, hatte sie gesagt. Wir hatten beide getrunken, aber sie hatte recht. Deswegen waren wir nicht übereinander hergefallen. Zumindest ich nicht. Ich wollte sie schon lange, das musste ich mir eingestehen. Aber was würde jetzt sein? Sie war mit Lorenzo zusammen. Dieser Mann besaß alles, und doch hatte ich ihn nie beneidet. Bis jetzt. Es war eine einmalige Sache zwischen uns gewesen. Nur wollte ich sie nach der letzten Nacht umso mehr. Am liebsten hätte ich sie mit meinen Lippen an ihrem Hals geweckt, um danach nochmal mit ihr zu schlafen, aber wir hatten uns geeinigt, dass es dabei bleiben würde. Wir würden es einmal hinter uns bringen und nie würde jemand davon erfahren.

Frustriert stieg ich aus dem Wagen. Ich würde alles einsammeln und weiterfahren. Zumindest wären meine Hände dann beschäftigt.

Als ich um das Auto herum auf die Decken zuging und anfing, die Flaschen einzusammeln, blieb ich wie versteinert stehen und riss die Augen auf. Das war nicht möglich, redete ich mir kopfschüttelnd ein. Ich nahm die Decke hoch und starrte erneut auf den Fleck, der meine Aufmerksamkeit erregt hatte. Es musste eine andere Erklärung dafür geben.

Ich ging zurück zum Wagen, zog die Tür auf und weckte sie.

Als sie die Augen öffnete, blinzelte sie mich lächelnd an. Doch ihr Lächeln verging, als sie meinen ernsten Gesichtsausdruck sah.

»Kannst du bitte kurz rauskommen?«, bat ich. Verschlafen stieg sie aus. »Was bedeutet das?«

Aufgebracht zeigte ich zur Decke. Als sie sich wegdrehte, packte ich sie an der Schulter und drehte sie herum.

»Sag mir bitte, dass es nicht das ist, was ich denke.«

Wieder gab sie mir keine Antwort und ich war kurz vorm Explodieren.

»Ich habe mich gewundert, dass du dich versteift hast. Irgendwann dachte ich, du hättest Schmerzen, und nun das. Es passt alles zusammen. Du warst noch Jungfrau, nicht wahr?«

Entschuldigend blickte sie mich an.

Ich konnte es nicht fassen! Außer mir kreuzte ich die Hände im Nacken und ging ein paar Schritte zur Seite.

Kurz darauf sah ich sie wieder an. »Jetzt sprich endlich mit mir!«

»Ja, es war mein erstes Mal.«

Obwohl ich es bereits ahnte, traf mich diese Tatsache wie eine Welle. Ich ging zum Kofferraum, schnappte mir eine Wasserflasche und trank.

»Wusste Lorenzo, dass du noch Jungfrau bist? Aber natürlich wusste er das, was sonst?«, beantwortete ich selbst meine Frage.

»Was denkst du, warum er so auf die Hochzeit drängt?«

Außer mir vor Wut warf ich die Flasche mit all meiner Kraft gegen den Baum und Giulia zuckte zusammen.

»Wie konntest du das tun?! Wie gedenkst du, unsere Nacht zu verheimlichen, wenn du jetzt plötzlich keine Jungfrau mehr bist?!«

»Ich werde es ihm vorspielen.«

Ein hysterisches Lachen verließ meinen Mund. »Es ihm vorspielen? Wie soll das gehen?«

An ihrem Gesichtsausdruck erkannte ich, dass sie dabei war, selbst wütend zu werden. »Lass es doch meine Sorge sein.«

Aufgebracht trat ich näher an sie heran. »Genau das ist es aber nicht. Es ist eben nicht nur deine Sorge, denn wie du weißt, war ich es, der dich entjungfert hat!«

# Kapitel 16



Raul war aufgebracht, und das zurecht. Ich hatte ihm die Tatsache verschwiegen, dass es mein erstes Mal werden würde. Ich wusste, hätte ich ihm die Wahrheit gesagt, wäre es erst gar nicht dazu gekommen.

Trotz allem machte es mich wütend, dass er nach so einer schönen Nacht nichts anderes im Sinn hatte, als mit mir zu streiten.

»Ich wollte mit dir schlafen. Es ist meine Entscheidung gewesen. Es ist mein Körper und allein meine Sache, an wen und wann ich meine Jungfräulichkeit verschenke oder etwa nicht?«

»Und du meinst, Lorenzo sieht es genauso?«

»Wieso fängst du jetzt wieder von Lorenzo an?«

»Weil er verdammt nochmal dein Freund und baldiger Ehemann ist!«

Entgeistert fuhr ich mir mit den Händen über das Gesicht. »Wieso versteht ihr nicht mal endlich, dass ich noch nicht ja gesagt habe?! Möglicherweise werde ich es nie tun, denn allein die Tatsache, dass ich mit dir schlafen wollte, gibt mir zu denken!«

»Du hattest getrunken. Ohne Alkohol wäre es vermutlich nicht passiert, also bitte, bekomm nicht gleich eine Existenzkrise.«

Seine Worte trafen mich mit einer Wucht, die mir die Tränen in den Augen trieben. »Das mag auf dich zutreffen, aber maß dir nicht an zu denken, du wüsstest, was in mir vorgeht oder was ich getan hätte.«

Um ihm keine Genugtuung zu gönnen, schluckte ich meine Tränen herunter und setzte mich in den Wagen. Es war nicht passiert, weil ich betrunken war. Es war nicht geplant, aber ich wollte ihn und es hatte sich richtig angefühlt. Es war einfach der perfekte Moment gewesen. Genau darauf hatte ich ewig gewartet. Lorenzo gegenüber behauptete ich, ich würde bis zur Hochzeit warten wollen, aber das stimmte nicht. Ich fühlte mich einfach nicht bereit. Gestern war ich es. Dass Raul es auf den Alkohol schob, verletzte mich ungemein.

Kurz darauf setzte er sich ebenfalls rein und drehte sich zu mir.

»So habe ich das nicht gemeint.«

Er war ruhiger, aber ich wollte nicht mehr reden.

»Lass uns fahren«, sagte ich kalt.

Das Gesicht zur Scheibe gewandt, starrte ich hinaus. Das Letzte, was ich wollte, war, ihn anzusehen. So hatte ich mir den Morgen danach nicht vorgestellt.

Raul setzte seine Sonnenbrille auf und wir fuhren los. Die ganze Fahrt über schwiegen wir uns an. Mit schlafen versuchte ich die Zeit zu überbrücken.

Gegen Nachmittag rief Lorenzo an. Raul wollte bereits rangehen, als ich ihm das Telefon aus der Hand riss und es selbst tat. Ich ahnte schließlich, dass er sich wegen unserer Nacht unwohl fühlte und wie sehr er es bereute. Daher wollte ich es ihm ersparen. Ich stellte auf Lautsprecher und legte das Handy in die Mittelkonsole.

»Lorenzo?«

Überrascht, dass ich es war, die ranging, brauchte er einen Augenblick, um zu antworten. »Amore mio. Wo seid ihr?«

»Wir werden heute Abend in Marokko sein.«

»Sehr gut. Kümmert sich mein Mann auch anständig um dich?«

Rauls Hand, die das Lenkrad fester umklammerte, war mir nicht entgangen.

»Ja, keine Sorge. Er kümmert sich sehr gut um mich. Ich habe alles, was ich brauche.«

Erst als ich das sagte, wurde mir bewusst, dass es tatsächlich stimmte. Bei Wasser und Brot auf einer Decke zu sitzen und nichts zu vermissen oder sich zu langweilen, war eine Offenbarung gewesen. Mehr als das. Es war die Nacht meines Lebens. Leider stellte ich beim Aufwachen fest, dass es für ihn anders war. Erneut verspürte ich einen Stich.

»Das freut mich. Bevor du dich versiehst, bist du zurück und ich werde dich richtig verwöhnen. Ich werde das alles wieder gutmachen.«

Als er das sagte, fühlte ich mich schuldig.

»Das brauchst du nicht. Es geht mir gut.«

»Ich weiß genau, was du meinetwegen durchmachst, und es tut mir leid.«

Es fühlte sich an, als würde mir jemand eine Faust ums Herz legen und zudrücken. Ich bereute die Nacht mit Raul nicht, aber jetzt, wo ich Lorenzos Stimme hörte, fehlte mir die Luft. Es war ein schreckliches Gefühl zu wissen, dass ich ihn betrogen hatte. Noch dazu mit jemandem, der es gerne wieder rückgängig machen würde. Unvermittelt spürte ich, wie sich Tränen in meinen Augen sammeln. All die Empfindungen der letzten Stunden waren mir zu viel.

Raul sah mich an und nahm das Telefon in der Hand. Er schaltete den Lautsprecher aus und legte es an seinem Ohr.

»Ich muss euch leider unterbrechen. Vor uns steht eine Straßensperre. Außerdem ist mein Akku fast leer. Ich brauche noch ein wenig Saft für Notfälle.«

Er hörte Lorenzo nickend zu. »Ja, mach dir keine Sorgen. Ich melde mich heute Abend.«

Dann legte er auf und sah wieder zu mir. »Geht es dir gut?«

»Klar doch.« Als er meinen Tonfall vernahm, schnaubte er leicht. Der Schmerz darin war ihm sicher nicht entgangen.

Obwohl ich nicht vor ihm weinen wollte, konnte ich nicht verhindern, dass es geschah. Leise schluchzte ich. Als er meinen Arm berührte, zog ich ihn wütend weg. Ich brauchte sein Mitleid nicht.

Von da an ließ er mich in Ruhe.

Am Abend kamen wir in Tanger an. Raul hielt vor einem kleinen Hotel. Er buchte das Zimmer, dann holte er mich aus dem Wagen. Das Hotel war ziemlich versteckt und es sah nicht gerade einladend aus, aber ich freute mich trotzdem darauf, in einem Bett zu schlafen. Mein Rücken und meine Beine schmerzten von der Reise.

Zum ersten Mal seit Stunden sprach er mich an.

»Wir bringen alles rein und gehen dann erstmal etwas essen. Morgen besorge ich uns etwas, damit wir nicht mehr raus müssen.«

Ich nickte lediglich. Die Vorstellung, mit ihm die Tage und vor allem die Nächte allein zu verbringen, nachdem was zwischen uns gewesen war, machte mich nervös. Die Tatsache, dass er mich seitdem noch mehr anzog, war das Schlimmste daran. Er schien von Tag zu Tag hübscher zu werden. Lag es daran, dass ich nicht mehr nur den kaltblütigen Killer in ihm sah?

Wir betraten das Zimmer. Gleich am Eingang gab es einen kleinen Flur. Wir gingen weiter und sahen uns im Raum um. Überraschenderweise war es größer als erwartet. Das Bett war nicht riesig, aber groß genug. Gegenüber standen ein Schreibtisch und zwei Stühle. Daneben ein kleiner Kühlschrank. Über dem Schreibtisch hing ein Fernseher. Ein Stückchen weiter befanden sich eine Schlafcouch und die Badezimmertür. Ein dreitüriger Schrank stand auch noch im Raum.

»Wie lange werden wir hier bleiben?«, fragte ich Raul, ohne ihn groß anzusehen.

»Ich weiß es nicht.«

Schnaubend nickte ich.

# Kapitel 17

*Raul*

Wir gingen nach draußen. Um die Ecke gab es ein paar Restaurants. Ich suchte den aus, der am appetitlichsten aussah. Auf dem Weg hatte es sogar ein paar Pizzaläden gegeben. Schnell hatten wir uns aber dazu entschieden, damit zu warten, bis wir zurück in Italien wären. Es wurde wieder Couscous. Die scharfe Wurst wurde angepriesen, aber wir lehnten dankend ab, was uns unvermittelt zum Lächeln brachte. Doch sobald ich sie ansah, wurde sie wieder ernst.

Ich verstand, dass sie wütend war. Als Lorenzo angerufen hatte, war sie den Tränen nahe gewesen. Wie hatte ich sie nur in so eine Situation bringen können? Sie war betrunken gewesen und hatte es natürlich mittlerweile bereut. Ich hätte meine verdammten Hände von ihr lassen sollen!

Ich blickte zu ihr. Sie hatte mich kaum mehr angesehen, seit wir aufgewacht waren. Ich war ziemlich aufgebracht gewesen, als ich erfahren hatte, dass sie noch Jungfrau war, und das zurecht, aber ich hätte sie nicht so anfahren, aber vor allem hätte ich überhaupt nicht so weit gehen dürfen!

Unvermittelt blickte ich auf ihre Lippen. Gott im Himmel! Sie waren leicht geöffnet. Am liebsten hätte ich sie an mich gezogen und sie geküsst. Immer wieder musste ich an unsere Nacht denken. Es war ein relativ kurzes Vergnügen gewesen, aber was für eins! Ich hatte geahnt, dass sie ziemlich unerfahren war, aber die Tatsache, dass es keinen vor mir gab, ließ meinen Puls in die Höhe schießen. Mein Blut schien sich ausschließlich an einer Stelle zu sammeln.

Ich räusperte mich und sah weg. Was zum Teufel war los mit mir?! Die Tatsache, dass ich mit ihr geschlafen und sie noch dazu entjungfert hatte, war eine Katastrophe! Ich sollte nichts als Sorge verspüren, denn das könnte unser beider Tod bedeuten. Stattdessen war ich immer noch scharf auf sie und hätte mich am liebsten erneut in sie vergraben.

»Wo sollen wir unsere Wäsche waschen? Wir haben nicht genug, um ewig davon zu leben«, sagte sie plötzlich und riss mich aus meinen Fantasien.

»Wir können mit der Hand waschen. Ich besorge uns einen Wäscheständer. Ich glaube nämlich kaum, dass es hier im Ort eine Wäscherei gibt.«

Sie nickte und ich musste schlucken. Dieses Gespräch hätte mich herunterholen sollen. Stattdessen dachte ich sofort an ihre Unterwäsche und unmittelbar danach, an das, was darunter steckte. Ich kreuzte meine Finger im Nacken. Zu groß war die Versuchung, sie auf den Tisch zu ziehen und meine Zunge in ihr zu vergraben.

Der Kellner kam mit dem Essen und ich konzentrierte mich wieder auf das Hier und Jetzt. Nachdem wir schweigend gegessen hatten, verließen wir den Laden.

Auf dem Weg zurück hielt ich an einem Minimarkt an und wir kauften ein paar Lebensmittel. All das, was nicht gekocht werden musste, landete in unserem Einkaufswagen.

Beim Hotel angekommen, nahm ich die vier Tüten aus dem Kofferraum und wir näherten uns unserer Tür im Erdgeschoss. Ein junger, schwarzer Streuner lag daneben. Ich hätte ihn nicht einmal bemerkt, aber Giulia blieb stehen.

Ich wollte sie bereits abhalten, aber ich hatte noch gar nicht Luft holen können, da streichelte sie ihn bereits.

»Das solltest du nicht tun. Er ist vermutlich krank.«

Als hätte ich nichts gesagt, hockte sie sich hinunter. »Er ist einfach nur ein bisschen schmutzig. Nicht wahr, kleiner Kerl?« Dann sah sie mich an. »Gib mir die Essensreste.«

Schnaubend öffnete ich die Tür und legte die Tüten ab. »Du wirst ihn nicht mehr los, wenn du …«

»Das Essen bitte«, unterbrach sie mich. Resigniert holte ich es aus der Tüte und reichte ihr das in Folie verpackte Lammfleisch.

Ich setzte mich auf den Boden mit an der Wand gelehntem Rücken und sah dabei zu, wie sie liebevoll den schwarzen Streuner fütterte. Immer wieder zeigte sich ihre mitfühlende Seite. Sie war eben nicht nur äußerlich schön. Und wieder einmal wurde mir bewusst, dass sie nicht in unsere Welt gehörte. Im Gegensatz zu uns war sie gut.

Der Hund legte sich auf die Seite und sie streichelte seinen Bauch. Obwohl seine Augen pechschwarz waren, schienen sie glücklich zu leuchten.

Es machte ihr nichts aus, dass er schmutzig, vielleicht sogar krank war. Trotz allem war sie bemüht, ihm Liebe zu schenken.

Unvermittelt erkannte ich mich selbst in dem Hund wieder. Auch ich war ein Streuner gewesen. Genau wie bei ihm hatten sich die Menschen in der Regel von mir ferngehalten. Mittlerweile hatte ich Macht und Geld, aber alles, was man mir entgegenbrachte, war Furcht oder Begehren. Liebe kannte ich nicht. Ich sah sie an und stellte fest, dass es genau das war. Die Art, wie sie ihn streichelte oder ihn fütterte. Die Art, wie sie ihn ansah. Jede Berührung und jeder Blick von ihr strahlten Liebe aus. Kurz beneidete ich den Hund.

# Kapitel 18



Es war mittlerweile sehr spät. Wir hatten abwechselnd geduscht und uns dann hingelegt. Raul nahm wieder die Couch. Der Fernseher lief leise und ich fragte mich, ob er es zuhause immer so machte. Vermutlich … In seinem Beruf hatte man sicher ständig die Befürchtung, man könne angegriffen werden. Ich fragte mich, wie er wohnte und wo genau. Ich war bereits monatelang mit Lorenzo zusammen, als ich sein Zuhause gesehen hatte, und war vorher nie so neugierig gewesen, wie ich es auf den Mann neben mir war. Am liebsten hätte ich alles über ihn erfahren. Wo und was er frühstückte. Was er in seiner Freizeit tat. Wie er aufgewachsen war.

Unauffällig blickte ich zu ihm. Er trug eine Sporthose und ein weißes T-Shirt, aber trotz seiner Bekleidung sah ich nichts weiter als seinen gottgleichen Körper vor mir.

Dann klingelte das Handy, er blickte darauf und stand auf. Er tigerte im Raum umher, während Lorenzo mit ihm sprach.

»Sie schläft schon«, hörte ich ihn sagen. Dabei sah er mich an. Tatsächlich war ich immer noch nicht bereit, mich Lorenzo zu stellen, und war dankbar für die Schonungspause. »Was Neues von Armando?« Lorenzo sprach kurz und Raul nickte. »Natürlich. Du solltest Giorgio damit beauftragen. Ich denke nicht, dass Antonio der Aufgabe gewachsen ist.« Wieder sprach Lorenzo und Raul hörte aufmerksam zu. »Alles klar. Wir hören uns morgen.«

Nachdem er aufgelegt hatte, ging er zurück zur Couch. Von der Seite aus sah ich ihn an.

»Danke.« Er nickte lediglich. »Gibt es etwas Neues?«

»Nichts Wichtiges.«

Unvermittelt wandte ich mich ihm zu. »Ihr habt über Armando gesprochen. Worum ging es?«

Als er seine Augen auf mich richtete, bekam ich eine Gänsehaut. Immer wieder beeindruckten sie mich.

»Das sind Themen, die dich nicht interessieren sollten. Noch dazu glaube ich kaum, dass Lorenzo einverstanden wäre, dass ich mit dir darüber rede.«

Unvermittelt riss ich die Augen auf. »Also gibt es etwas! Sag es mir.«

»Nein.«

Entsetzt sog ich die Luft ein. »Raul!«

»Giulia!«, sagte er im selben Tonfall.

Wutschnaubend stand ich auf. »Es geht hier auch um mich! Ich bin am Arsch der Welt. Noch dazu hat man versucht, mich umzubringen! Ich habe ein Recht darauf, zu erfahren, was vor sich geht!« An seinem Ausdruck erkannte ich, dass er nicht nachgeben wollte. »Ich werde Lorenzo nicht erzählen, dass du es mir gesagt hast. Wir haben schließlich bereits andere Geheimnisse, oder nicht?«

Schnaubend schloss er kurz die Augen. »Na schön. Lorenzo wird sich für den Angriff in Tunesien rächen.«

»Was genau bedeutet das?«

»Das bedeutet, dass er seinerseits einen Angriff auf Armando plant.«

Entsetzt riss ich wieder die Augen auf. »Aber ihr könnt doch gar nicht mit Sicherheit wissen, ob es seine Männer waren!«

»Natürlich waren sie das.«

»Und wenn nicht? Dieser Mann hat seinen Sohn verloren, und wenn er das nicht war …«

»Siehst du? Deswegen wollte ich nicht mit dir darüber reden. Du verstehst das eh nicht.«

Stirnrunzelnd blickte ich ihn an. »Ich verstehe es nicht? Lorenzo plant einen Angriff auf jemanden, ohne mit Sicherheit zu wissen, ob er überhaupt etwas verbrochen hat. So sieht es aus!«

Raul sah mich an. Zuerst sagte er nichts. Er hatte wieder seinen Pokerface aufgesetzt. »Ich hätte es genauso gemacht«, sagte er schließlich. Sein prüfender Blick war nach wie vor auf mich gerichtet. Mittlerweile kannte ich ihn besser und mir wurde bewusst, dass er sich zwar kalt gab, ihn meine Meinung über sich aber sehr wohl interessierte. Das brachte mich kurz durcheinander, aber ich fing mich schnell wieder.

»Dann seid ihr beide nicht zu retten«, sagte ich und legte mich mit dem Rücken zu ihm hin.

Geschafft von der Reise schlief ich sehr bald ein.

# Kapitel 19



Als ich am nächsten Morgen aufwachte, war Giulia noch am Schlafen. Leise stand ich auf und ging duschen. Sie schlief immer noch, als ich mit nichts als einem Handtuch bekleidet aus dem Bad kam. Kurz blieb ich stehen und sah sie an. Ihr Engelsgesicht wirkte tief entspannt. Sie sagte es nicht, aber ich wusste, dass sie kaputt von dem ganzen Stress und den vielen Reisen war. Dieses Hotel war nichts Besonderes und es sollte nur als Notlösung, bis ich etwas Besseres gefunden hatte, dienen, aber ich entschied, dass wir hierbleiben würden. Giulia brauchte endlich Ruhe.

Als ich angezogen war, ging ich nach draußen. Ich hatte am Vorabend einen Kaffeeautomaten gesehen. Vor der Tür wurde mir erst bewusst, dass ich länger nicht mehr geraucht hatte. Ich rauchte an sich schon nicht viel, aber in letzter Zeit hatte ich es ganz gelassen. Instinktiv hatte ich Rücksicht auf Giulia genommen. So ein Verhalten passte nicht zu mir. Ich nahm auf niemanden Rücksicht. Wie um mir das zu beweisen, zündete ich mir eine an. Ich zog ein paar Mal, dann sah ich die Zigarette an und schnipste sie weg.

Als ich vom Automaten zurückkehrte, sah ich den Streuner. Er hockte in der Nähe neben einem Wagen. Als er den Kopf anhob, um mich anzusehen, nickte ich ihm zum Gruß zu. Wir standen schließlich auf dieselbe Frau, dachte ich grinsend. Dann schloss ich die Tür auf und ging hinein.

Giulia stand mitten im Raum. Ihr erschrockenes Gesicht ließ mich innehalten.

»Du hast mich allein gelassen?«, fragte sie sofort und ich lächelte.

»Nicht wirklich. Ein paar Türen weiter ist ein Automat. Ich habe nur etwas, das wie Kaffee aussieht, geholt.« Dann runzelte ich die Stirn. »Hattest du Angst?«

»Natürlich hatte ich Angst! Ich dachte nicht, dass du mich je allein lassen würdest, also habe ich angenommen, es wäre etwas passiert …« Schüchtern drehte sie sich weg. »Aber dir geht es scheinbar bestens, also vergiss es.«

Moment mal. Hatte sie Angst um mich gehabt?!

Nein, natürlich nicht! Sicher hatte sie nur befürchtet, sie würde jetzt allein dastehen. Zu Recht. So etwas durfte ich nicht mehr tun. Wieso hatte ich nicht nachgedacht und ihr zumindest einen Zettel hinterlassen, anstatt sie zu Tode zu ängstigen?

»Dein Fellfreund ist übrigens draußen«, sagte ich schnell, um sie auf schönere Gedanken zu bringen.

Sofort lächelte sie. Dann ging sie zum Kühlschrank, nahm etwas Wurst heraus und ging strahlend an mir vorbei zur Tür hinaus.

Lächelnd brachte ich unsere Kaffees zum Schreibtisch. Dann folgte ich ihr.

Der Tag war relativ schnell vergangen. Wir hatten unsere Kleidungsstücke in den Schrank geräumt und viel ferngesehen. Gegen Abend wuschen wir Wäsche. Der Hotelbesitzer hatte mir einen Ständer verkauft. Somit brauchte ich nicht raus, um einen zu besorgen. Wir stellten ihn an die eine Seite des Bettes und hingen gemeinsam die Wäsche auf. Unvermittelt bekam ich ein seltsames Gefühl des Glückes. Es war eine so häusliche Situation. So Etwas kannte ich nicht. Allein die Vorstellung, dauerhaft mit ihr zu wohnen, richtig mit ihr zusammen zu sein, war berauschend und doch riss ich sofort wieder meine Gedanken davon los. Denn das würde niemals passieren.

Als mein Handy klingelte, war die Stimmung dahin. Natürlich wusste ich, dass es Lorenzo war. Von den Männern würde zurzeit keiner mit mir Kontakt aufnehmen. Das hätte falsch interpretiert werden können und das würde keiner riskieren. Ich legte mein Shirt auf den Wäscheständer, holte das Handy aus der Hosentasche und ging ran.

Lorenzo erzählte, er hätte wie empfohlen, Giorgio übertragen, Sprengstoff bereitzulegen. Bald würde es die Rache an Armando geben, und ich solle dazu mit Giorgio die Details klären. Es sollte eine Warnung werden. Dass das nur der Anfang wäre, war mir bewusst. Es würde einen Schlagabtausch geben, bis einer der beiden aufgab. Das würde in dem Fall Armando sein, denn er konnte es mit Lorenzo kräftemäßig nicht aufnehmen. Ich versuchte so wenig wie möglich zu sagen. Das fiel Lorenzo auf. »Hört sie zu?«

»Ja. Nicht so gut.«

»Du hast recht. Wir reden heute Abend, wenn sie schläft. Gib sie mir jetzt.«

Ich blickte zu ihr. Anders als gestern schien sie bereit zu sein, mit ihm zu reden, denn sie streckte mir gleich ihre Hand entgegen.

# Kapitel 20

*Giulia*

Sofort ging ich ran. Ich hatte kaum Hallo gesagt, da unterbrach er mich schon.

»Herzlichen Glückwunsch!« Verwundert lächelte ich. Ich hatte nicht erwartet, dass er wüsste, dass ich Geburtstag hatte. Andererseits war hier von Lorenzo die Rede! Er hatte sicher gleich nach unserem ersten Treffen alle möglichen Informationen über mich eingeholt.

»Danke!«

»Es tut mir leid, dass du nicht hier bist. Ich hätte diesen Tag so gerne mit dir verbracht. Aber wir holen es nach, wenn du zurück bist. Dein Geschenk wartet hier auf dich.«

Obwohl er nicht vor mir stand, sah ich schüchtern zur Seite. Es war mir immer unangenehm, wenn er mir etwas schenkte. Ich war es nicht gewohnt, so teure Sachen zu bekommen oder zu besitzen. Noch dazu hatte ich ein schlechtes Gewissen wegen Raul und mir. Ich liebte Lorenzo, aber Raul war mir alles andere als egal. Im Gegenteil, ich fühlte mich immer mehr zu ihm hingezogen.

»Danke, aber du brauchst mir nichts zu schenken.«

»Geht das etwa schon wieder los?«, fragte er amüsiert. »Du wirst dich daran gewöhnen müssen. Wenn wir erstmal verheiratet sind, werde ich dich mit Luxus überhäufen.«

Die Tatsache, dass er wie jeder andere davon ausging, dass ich seinen Antrag annehmen würde, verstimmte mich, aber ich gab es ihm nicht zu verstehen. Noch dazu war ich nicht die Art Frau, die sich für Luxus interessierte. Es wäre mir wichtiger gewesen, mehr Zeit mit ihm zu verbringen. Alles, was ich mir wünschte, war, mit meinem Mann auf der Couch zu liegen, fernzusehen und zu kuscheln. Manchmal fragte ich mich, ob Lorenzo mich überhaupt kannte.

Raul stand immer noch am Wäscheständer. Er sah nicht zu mir, aber ich wusste, dass er zuhörte. Das brachte mich in Verlegenheit. Seit wir miteinander geschlafen hatten, war alles anders. Wir hatten uns vorgenommen, den Zwischenfall zu vergessen, aber das konnte ich nicht. Um der unangenehmen Lage zu entkommen, ging ich mit dem Telefon ins Bad.

»Lorenzo, wenn du schon davon anfängst, möchte ich mit dir über diese Hochzeit sprechen.«

»Okay.« Seine Stimme klang plötzlich ernst.

»Du weißt, ich liebe dich, aber wir sind erst seit einem Jahr zusammen. Vielleicht sollten wir uns etwas mehr Zeit lassen.«

Kurz war er ruhig. Die Tatsache, dass er nichts sagte, machte mich nervös. Seine Worte hinterher steigerten es noch. »Ich brauche keine Bedenkzeit, und diese ganze Situation sollte dir gezeigt haben, dass du bereits als meine Frau angesehen wirst. Dir sollte bewusst sein, dass du nicht mehr wie früher leben kannst. Schon gar nicht allein in deiner Wohnung. Du wirst zu mir ziehen müssen. Alles andere wäre zu gefährlich. Und wenn du eh schon bei mir wohnst, wo ist dann noch der Unterschied, ob wir verheiratet sind oder nicht?«

Ungläubig riss ich die Augen auf. Hatte ich überhaupt noch ein Mitspracherecht?! Ich wurde so wütend, dass mir die Worte fehlten. »Weißt du was? Ich möchte jetzt nicht mehr reden«, sagte ich aufgebracht und legte auf.

Das Telefon fing erneut an zu klingeln, aber ich ging nicht ran. Ich brachte es ins Zimmer. Raul saß aufs Bett und ich warf es neben ihn hin. Gleich ging er ran. Dann stand er auf und drehte sich mir zu. »Es ist für dich.«

»Es ist mir egal! Ich will nicht mit ihm reden!«

Ungläubig hielt er seine Hand aufs Handy. »Giulia! Geh ran!«

»Nein!«

Schnaubend setzte er das Handy ans Ohr. »Sie will nicht mit dir reden.« Kurz hörte er zu. »Was soll ich denn tun? Es ihr mit Gewalt ans Ohr halten?«

Offensichtlich wollte Lorenzo kein Nein akzeptieren. Aufgebracht ging ich zurück ins Bad und knallte die Tür hinter mir zu.

Natürlich hatte er Recht damit, dass ich in Gefahr wäre, aber das schien ihm gut zu passen. Die Tatsache, dass ich ihn aus diesem Grund heiraten sollte, war absurd, und dass er es als Ausrede benutzte, noch mehr! Hatte ich ihn die ganzen Monate falsch eingeschätzt? War er so machtverwöhnt, dass er dachte, selbst ich müsste mich seinen Wünschen beugen?

Es waren fünf Minuten vergangen. Ich saß immer noch gedankenverloren an den Wannenrand, als es klopfte. Schnaubend stand ich auf und öffnete die Tür. Raul lehnte an den Rahmen. »Du hast Geburtstag?«

»Ja«, gab ich gleichgültig zurück. Ich hatte schon viele miese Geburtstage gehabt, aber dieser würde wohl alles übertreffen.

Langsam kam er ein paar Schritte näher. Als würde er sich unwohl fühlen, sah er sich im Bad um. »Wieso hast du nichts gesagt?«

»Wieso sollte ich? Hättest du mir dann eine Torte gebacken?«

»Vermutlich nicht, nein. Aber wir könnten ausgehen.«

Überrascht sah ich ihn an. »Ausgehen? Du hast doch gesagt, es wäre zu gefährlich.«

»Wir könnten eine Ausnahme machen. Groß spazieren gehen ist nicht drin, aber hier in der Nähe gibt es eine Bar. Was hältst du davon?«

Allein die Tatsache, dass er mich so nett fragte, brachte mich zum Lächeln. Außerdem würde mir ein bisschen Alkohol gut tun. »Okay.«

Aufgeregt ging ich ins Zimmer. Raul zeigte amüsiert zur Tür. »Na dann los.«

Ich wusste, dass es für ihn zusätzlichen Stress bedeutete, mich auswärts zu beschützen, und dass er das wegen meinem Geburtstag auf sich nahm, rührte mich. Das hätte er nicht tun müssen. Noch dazu hätte ich es niemals von ihm erwartet.

Im Flur angekommen, zog Raul seine Lederjacke an, holte eine Waffe aus der Kommode und steckte sie in seinen Hosenbund. Mittlerweile machte es mir nichts mehr aus, ihn mit Waffen hantieren zu sehen. Aber es erinnerte mich wieder daran, dass das keine normale Kneipentour war.

Draußen war es düster. Das Zirpen der Grillen war das einzige Geräusch in der Stille. Die trockene Hitze war angenehm. Ich sah nach oben und bewunderte die vielen Sterne. Das erinnerte mich an einen Abend mit Lorenzo am Strand. Wir waren erst wenige Tage zusammen gewesen, als er mich nach einem Dinner in einem Strandlokal runter zum Strand führte. Zwei seiner Männer hatten uns mit etwas Abstand begleitet. Er stellte mir viele Fragen, aber mittlerweile ahnte ich, dass er das alles bereits gewusst hatte.

Raul ging nicht zum Auto. Zielsicher schlenderte er um das Haus herum und ich folgte ihm. Überrascht erkannte ich einen Pfad. Es wirkte fast, als hätte jemand einen Gang mitten in einem Feld gemäht.

Es waren höchstens zwanzig Meter, als wir vor einer Straße standen. Uns gegenüber befanden sich, dicht angereiht, mehrere Häuser. Dazwischen war eine Gasse. Als wir durch liefen, blickte ich auf die von einer Straßenlaterne erleuchteten Gebäude. Sie waren allesamt heruntergekommen. Die nicht vorhandenen Fenster ermöglichten einen Blick auf das Innere. Sofort erkannte ich, dass sie als Unterkunft für Obdachlose dienten. Eine Gänsehaut überlief mich bei der Vorstellung, dass ein Mensch so leben musste.

»Was war mit Lorenzo?«, riss Raul mich aus meinen Gedanken. Ich blickte zu ihm, aber er sah nach vorne.

»Er drängt mich zur Hochzeit.«

Ich vernahm ein leichtes Nicken. »Kann man ihm nicht verübeln.«

Abrupt blieb ich stehen. »Fängst du jetzt auch damit an, dass es aus Sicherheitsgründen Sinn machen würde?!«

Erst ein Stück weiter blieb er stehen. »Das habe ich nicht gemeint. Komm, wir sollten uns nicht so lange hier aufhalten.«

Nachdenklich runzelte ich die Stirn, lief aber wie befohlen weiter. Die Gasse endete und wir befanden uns offensichtlich am Hintereingang eines Lokals. Ich fragte mich, wieso er sich hier auskannte. Vermutlich hatte er die Gegend per Maps erkundet. Wie Lorenzo bereits gesagt hatte, war Raul sehr gründlich.

Eine schmale, fünfstufige Steintreppe führte zu einer schwarzlackierten Holztür. Zielsicher ging er mit mir darauf zu und öffnete sie schwungvoll. Die Musik war das Erste, was ich vernahm. Dann wurden mir die vielen Stimmen und das Lachen bewusst. Das Licht war gedämmt, der Laden etwas verraucht. Wieder drehte er sich zu mir. »Es ist nicht der schönste Laden, aber etwas Anderes haben wir nicht.«

Ein Lächeln entfuhr mir. Ich fragte mich, wo er mich hingebracht hätte, wenn wir nicht die wären, die wir sind. Dass er sich auf seine Art für diesen Laden rechtfertigte, gefiel mir. Es hieß, dass es ihm nicht egal war, wo er mich hinbrachte.

Als wir weiter hineingingen, sah ich viele Einheimische sitzen oder stehen. Es waren nur wenige Frauen anwesend. Die Musik war laut. Hits aus den Neunzigern wurden gespielt. Da kein einziger Tisch frei war, näherte sich Raul der Theke und setzte sich mit mir an zwei der freien Hocker.

Ein Mann mittleren Alters stand hinter dem Tresen. Als er mich sah, näherte er sich lächelnd. Es war eindeutig, dass sich hier nicht oft Touristen verirrten.

»Was darf ich Ihnen bringen?«, fragte er auf Englisch.

Raul drehte sich so auffällig zu mir, dass er mit seiner Körpersprache vermittelte, dass ich zu ihm gehörte und damit den Barkeeper direkt in seine Schranken wies. Anstatt mich sah er nun Raul an. Der aber sah zu mir.

»Was willst du trinken?«

Der Barkeeper sah uns erfreut an. »Ah! Italiener! Prego, cosa vi porto?«

Ich lächelte zurück, sah aber direkt wieder zu Raul. »Was trinkst du denn?«

»Ich werde ein Bier trinken. Willst du auch?«

Als ich nickte, drehte er sich dem Mann zu. Er sprach offensichtlich gebrochenes Italienisch, weshalb Raul in unserer Sprache bestellte.

»Subito«, säuselte der Typ.

Bevor wir uns versahen, standen zwei Biere vor uns. Raul stieß mit mir an. »Glückwunsch. Wie alt bist du geworden?«

Mit einem Grinsen sah ich ihn an. »Als wüsstest du das nicht. Hast du meine Akte bei Lorenzo nicht gelesen?« Ich wusste es zwar nicht mit Sicherheit, aber ich ahnte, dass es so eine gab.

Seine Mundwinkel verzog sich nach oben. »Ich habe sie sogar erstellt«, gab er zu.

Überrascht riss ich die Augen auf. Er wusste also alles über mich? »Na dann weißt du ja, dass ich fünfundzwanzig Jahre alt geworden bin. Wie alt bist du?«

»Dein Geburtsdatum hatte ich mir nicht gemerkt, nein. Die Sachen, auf die ich achte, sind andere.«

Er sah auf sein Bier hinunter, dann nahm er einen Schluck. Allein die Art, wie er schluckte, hatte etwas Faszinierendes an sich. Er saß mir so nahe, dass ich kaum die Augen von ihm nehmen konnte. Dieser Mann war wirklich extrem sexy. Ich musste an unsere „Nacht" zurückdenken. Die Erinnerung daran reichte, um mich heiß zu machen, weshalb ich frustriert wegschaute.

»Worauf achtest du dann?«, fragte ich leise.

»Familienverhältnisse, Vorstrafen bei dir und deinen Angehörigen. Kontakte, die schaden oder wichtig sein könnten. Auffälligkeiten im Allgemeinen. In deinem Fall auch noch vorherige Partner.«

Er wusste also, dass ich vor Lorenzo keine wirkliche Beziehung gehabt hatte. Ich hatte es zwar vermutet, aber jetzt zu hören, dass es tatsächlich eine Akte über mich gab, bewirkte ein Gefühl in mir, als würde ich nackt vor ihm stehen. Dass Lorenzo alles über mich wusste, machte mir kaum etwas aus. Es belastete mich mehr, dass Raul es war, der mich durchleuchtet hatte. Er wusste alles über mich, während ich nichts über ihn wusste. Ich fragte mich zudem, was er für einen Eindruck von mir gewonnen hatte.

Wieso interessierte mich so sehr, was er über mich dachte?!

»Erzählst du mir auch etwas über dich? Es wäre nur fair ...«

»Ich bin zweiunddreißig Jahre alt«, antwortete er auf die Frage, die ich ihm bereits gestellt hatte.

»Das wars?«

Amüsiert sah er mich an. »Das war´s.«

Sofort wusste ich, dass er nicht mehr sagen würde. Ich war unglaublich neugierig auf ihn, aber ich wollte ihn nicht drängen. Vielleicht war es auch die Angst, mir würde nicht gefallen, was er erzählen könnte, oder schlimmer noch, es würde mir gefallen. Ich mochte ihn bereits mehr, als ich sollte.

Dann wandte er sich wieder nach vorne. Wir tranken einen großen Schluck und ich sah ihn an. Mein Blick fiel von seinem Hals auf sein Gesicht. Er war so unglaublich schön, dass mir die Worte fehlten.

»Willst du mir etwas sagen?«, fragte er plötzlich, ohne mich anzusehen.

»Nein«, gab ich atemlos zurück. Dieser Mann hatte die Fähigkeit, mich, ohne etwas dafür zu tun, zum Brennen zu bringen. Noch nie hatte ich jemanden so begehrt.

Was zum Teufel war das zwischen uns? Ich war liiert! Noch dazu mit seinem Boss!

Ein neues Lied ertönte und ein paar Leute grölten vor Freude. Erschrocken drehte ich mich um. Ein paar von ihnen fingen zu tanzen an und ich musste lächeln. Die wussten, wie man sich amüsierte!

Raul drehte sich ebenfalls, dann sah er mich an. »Wenn du tanzen willst ...«

Überrascht sah ich ihn an. »Willst du?«

»Nein«, gab er entschieden zurück. »Ich meinte nur, du darfst, wenn du möchtest.«

»Ich darf? Heißt das, ich bräuchte deine Erlaubnis, um zu tanzen?« Ich konnte nicht verhindern, dass Ärger in mir aufkam. Wieso dachten diese Männer ständig, sie könnten mich bevormunden?! War das so in der Mafiawelt? Vermutlich … Dann hatten sie aber mit der Falschen zu tun.

Unvermittelt stand ich auf und er sah mich an.

»Was hast du vor?«

»Billard spielen.«

»Na schön.«

Er wollte bereits aufstehen, als ich ihn mit einem Finger an seiner Brust davon abhielt.

»Nicht mit dir.«

Ich wusste, er wäre damit nicht einverstanden, aber er sollte lernen, dass ich keine Marionette war. Keiner hatte mir zu sagen, was ich durfte und was nicht. Selbst mein Vater hatte damit seine Schwierigkeiten gehabt.

Abrupt schnappte er sich mein Handgelenk. »Das tust du nicht.«

»Und ob! Lass mich los!«

Kurz sah er mir noch in die Augen, dann ließ er mich frei.

Mit meinem Bier in der Hand, ging ich Richtung Billardtisch. Ein paar Männer saßen in der Nähe und ich fragte, ob jemand spielen wolle. Allein um Raul zu demonstrieren, dass sie mich nicht bevormunden konnten, tat ich es.

Ein paar von ihnen hätten gespielt, aber einer war schneller. Er grinste mich an. Ein schiefer Zahn fiel mir auf sowie seine markante Nase. Wie die Nase eines Boxers war sie etwas breiter. Er war vermutlich in Rauls Alter und eindeutig Marokkaner. Trotzdem versuchte er es mit Italienisch. Er nahm zwei Queue und reichte mir lächelnd eine.

»Willst du oder soll ich anfangen?«, fragte er mich.

»Wie du magst«, gab ich lächelnd zurück.

Kurz sah er mich an, dann setzte er die Kugeln und stieß zu. Zwei der Vollen wurden eingelocht. Dann machte er sich an die Nächste. Wieder ein Treffer.

»Meinst du, ich werde überhaupt noch drankommen?«

Unvermittelt lachte er. »Gleich, tesoro«, sagte er zu mir und ich dachte nur, nenn mich bitte nicht Schatz!

Die Nächste war nichts, aber ich ahnte, er hätte absichtlich danebengehauen.

Grinsend sah er mich an, als ich um den Tisch herumging und meine Position einnahm. Ein kurzer Blick auf Raul verriet mir, dass er bereits innerlich kochte. Es war schwer zu übersehen.

Aufreizend bückte ich mich über den Tisch, blickte auf die Kugel und schoss. Treffer!

»Wow!«, brüllte der Typ begeistert.

Lächelnd sah ich ihn an und er kam näher. Dann machte ich mich an die nächste Kugel. Wieder lehnte ich über den Tisch, doch der Mann fasste mir an der Schulter und hielt mich vom Schlagen ab.

»Warte. Du musst sie ein bisschen seitlicher schlagen. Drehe deine Hand etwas.«

Um meinen Arm in die richtige Position zu bringen, fasste er mich an. Dabei kam er näher. Ich war auf meine Kugel konzentriert, als ich Rauls Stimme vernahm.

»So, das Spiel ist vorbei.«

Als ich hochblickte, sah ich ihn an der anderen Seite des Tisches stehen. Sein Blick lag auf dem Mann neben mir. Selbstsicher richtete der Mann sich auf und blickte ebenfalls zu Raul.

»Die Dame hat nicht gesagt, dass sie aufhören will.«

Lässig ging Raul um den Tisch herum und näherte sich ihm.

»ICH sage, dass das Spiel vorbei ist.«

An seinem Gesichtsausdruck erkannte ich, dass es schlimm enden würde. Sofort hastete ich zwischen sie.

»Raul, wir sind gleich fertig«, versuchte ich, ihn zu beruhigen.

Er sah mich immer noch nicht an. »Jetzt«, raunte er.

»Hör zu …«, fing der Mann hinter mir an. Raul schnappte sich eine Queue und brach sie auf seinem Knie in zwei Teile. Erschrocken riss ich die Augen auf.

»Raul! Hör auf damit! Wir gehen.«

Um sich Raul zu nähern, ging der Mann um mich herum. Scheinbar war er selbst auf Kravall aus. Kurz blickte ich ihn an, doch bevor ich mich zurückdrehen konnte, hatte Raul ihn bereits mit dem Stock in die Seite erwischt. Noch bevor ich es sah, hörte ich den Stock sausen.

Vor Schmerz gebeugt, keuchte der Marokkaner neben mir. Raul packte ihn und schob ihn nach draußen. Erschrocken schnappte ich nach Luft, und nach einem Moment des Schocks rannte ich seinen Namen schreiend hinterher.

Als ich durch die Tür lief, sah ich ihn auf den Mann einprügeln. Der Typ fiel zu Boden, Raul ging über ihn. Schnellen Schrittes näherte ich mich. »Raul! Hör auf!«

Er nahm mich überhaupt nicht wahr. Was war nur in ihn gefahren?!

Er prügelte mit einer Wucht auf ihn ein, die mir den Atem raubte. Erschrocken schrie ich weiter, er solle aufhören, aber er beachtete mich nicht. Er war ganz in seiner Wut gefangen.

Der Mann hatte nichts weiter getan, als mit mir zu spielen. Vielleicht hatte er sich etwas an mich herangemacht, aber Nichts rechtfertigte so eine Reaktion.

»Raul! Bitte!«, schrie ich wieder, als ich sah, dass der Mann ganz benommen wurde. Er würde ihn umbringen!

Raul war so wild, dass ich mich nicht traute, näher heranzugehen. Wieder sah ich zu seinem Opfer.

»Hör auf damit!«, schrie ich verzweifelt.

Zum ersten Mal sah ich Raul den Killer vor mir. Es war schrecklich. Tränen fingen an, meine Wangen hinunterzulaufen. Ich weinte immer verzweifelter.

Die ausweglose Situation jagte mir eine Heidenangst ein. Irgendwann rannte ich weg. Ich konnte nicht mehr zusehen. Weinend lief ich durch die Gasse Richtung Hotel.

Ich war gerade mal ein paar Meter gelaufen, als mich jemand am Arm packte. Erschrocken wandte ich mich um. Es war Raul. Bevor ich reagieren konnte, hob er mich hoch und warf mich auf seine Schulter. Den ganzen Weg bis zum Haus schlug ich auf seinen Rücken und schrie, er solle mich runterlassen. Aber er tat es nicht. Am Hotel angekommen öffnete er die Tür. Erst drin ließ er von mir ab.

Nachdem er die Tür abschloss, drehte er sich zu mir und blieb stehen. Sein Atem ging immer noch schneller wegen seines Ausbruchs. Seine Knöchel waren gerötet. Teilweise blutig. »Keine Sorge, er lebt noch.«

Die Angst, die ich nur ein paar Augenblicke vorher verspürt hatte, verwandelte sich in Wut. Ich konnte ihn kaum ansehen. Er hatte mich wieder daran erinnert, wer er wirklich war.

»Wie konntest du das tun?!«

Wortlos stand er vor mir. Das brachte mich noch mehr in Rage. Die aufsteigende Wut in mir konnte ich nicht kontrollieren. Aufgebracht stürmte ich auf ihn zu und schlug auf seine Brust ein. »Du hättest ihn töten können! Wie konntest du nur?!« Unverwandt sah er mich an. »Beruhige dich.«

Immer wieder schlug ich auf ihn ein. Er bewegte sich dadurch kaum. Irgendwann schnappte er sich meine Arme und drückte mich an die Wand.

»Beruhige dich, habe ich gesagt!«

Ich versuchte, von ihm wegzukommen, aber er presste mich zurück gegen die Wand und fixierte mich mit seinem Körper. »Hat es dir Spaß gemacht, mit mir zu spielen?«, raunte er mir zu.

Wutentbrannt blickte ich in seine glühenden Augen.

»Du bist nichts weiter als ein verdammter Killer! Du widerst mich an!«

Anstatt auf Abstand zu gehen, beugte er sein Gesicht zu meiner Wange. Ich spürte seinen Atem an meinem Hals und wurde schlagartig still.

»Du hast diesen Killer gevögelt. Schon vergessen? Da hatte ich nicht den Eindruck, du wärst angewidert.«

Wieder versuchte ich, ihn wegzuschubsen, aber er ließ es nicht zu.

»Vergiss nicht, wen du neben dir hast, wenn du das nächste Mal das Bedürfnis verspürst, mich wütend zu machen.«

Mein Widerstand fing an zu bröckeln. Obwohl ich vor Wut hätte beben müssen, machten mich seine Nähe und seine Stimme an meinem Ohr heiß. Benommen schloss ich die Augen.

»Ich wiedere dich also an, hmm?«

Seine Hand fuhr über meine Seite zu meinem Hintern. Er packte mich und zog mich an sich. Ich war mir jeden Millimeter seines Körpers, der mit meinem in Berührung kam, bewusst. Genau wie seine Lippen, die meinen Hals streiften. Eine Gänsehaut, die von meinen Füßen bis zur letzten Haarspitze reichte, raste durch meinen Körper.

»Raul, nicht«, hauchte ich, obwohl dass er aufhörte, das Letzte war, was ich wollte.

Die zweite Hand fuhr zu meinem Kopf. Seine Finger griffen sanft in meine Haare. »Ich sehe, wie du mich anblickst … Ich weiß, dass du mich willst.«

Seine Stimme fuhr auf direktem Wege zwischen meine Beine.

»Denk an Lorenzo«, flüsterte ich ihm zu. Ich wollte nicht, dass er es wieder bereute. Das hätte ich nicht ertragen können.

Seine Lippen folgten einer Spur zu meinem Kiefer. Alles in mir kribbelte.

»Scheiß auf Lorenzo«, raunte er mir zu.

Als er meinen Kopf anhob, starrten seine olivgrünen Augen auf meine Lippen. Aufregung wegen dem, was gleich geschehen würde, ergriff mich. Er küsste mich, und es fühlte sich wie eine Explosion an, als seine weichen Lippen meine berührten. Im Gegensatz zu unserem ersten Mal, eroberte er meinen Mund im Sturm. Ganz so, als hätte er sich bereits zu lange zusammengerissen. Er schob die Hand, die er auf meinem Hintern platziert hatte, in meine Hose. Noch härter packte er mich an.

Ich spürte seine unglaubliche Erektion, als er mich noch fester an sich drückte. Ein paar Augenblicke vorher war ich wütend gewesen, doch unter seinen Berührungen schmolz ich wie Wachs dahin.

Seine Hand schob sich von hinten zu meinen Schamlippen und ich stöhnte in seinen Mund. Als ihm bewusst wurde, wie feucht ich bereits war, entfuhr ihm ein lustvolles Knurren. Er ließ zwei Finger in mich hineingleiten und ich krallte mich an seinen Schultern fest. Die Stärke zu spüren, die er darin verbarg, machte mir plötzlich keine Angst mehr. Sie gab mir ein seltsames Gefühl der Sicherheit.

Dann nahm er seine Finger aus mir heraus, umgriff meinen Hintern und hob mich hoch. Meine Lippen verschlingend trug er mich weiter ins Zimmer. Allein seine Zunge in meinem Mund hätte gereicht, um mich zum Orgasmus zu bringen.

Ich fühlte mich bereits so benommen vor Lust, dass ich es kaum mitbekam, als er mich aufs Bett legte und uns auszog. Dann legte er sich auf mich. Sein Knie spreizte meine Beine. Jedes einzelne Molekül meines Körpers schien zu brennen. Noch mehr, als ich seine Männlichkeit an meiner Öffnung spürte. Wider Erwarten bewegte er sich jedoch nicht. Mit ernstem Gesichtsausdruck sah er mich an. Sein Mund schwebte nur Millimeter über meinem. »In bin nichts weiter als ein Killer für dich. Ein Killer in einem hübschen Körper, nicht wahr?«

»Raul …« Sein Name kam als eine Mischung aus Stöhnen und Bitten aus mir heraus. Ich wollte ihn so sehr, aber ich wollte nicht, dass er dachte, ich würde nur das in ihm sehen, denn mittlerweile war es anders. Ich war wütend gewesen, als ich das sagte.

Benommen sah ich ihn an. Ich kam nicht mehr dazu, ihm zu antworten, denn bevor ich mich versah, drang er hart in mich ein, und das Einzige, was mir entfuhr, war ein erschrockenes Keuchen.

Seine Länge und sein Umfang füllten mich aus. Anders als beim ersten Mal, hatten seine Bewegungen etwas Brutales an sich. Er tat mir nicht weh, aber er war unbarmherzig. So als wolle er mir genau das geben, wovon er dachte, dass ich es bräuchte. Seinen Körper. Und Gott, ja. Ich brauchte es tatsächlich.

Wieder eroberte seine Zunge meinen Mund. Ganz rau, so wie seine Härte, die aus mir heraus und wieder hineinprallte. Ich hätte aufhören und mit ihm reden sollen. Die

Tatsache klären, dass er viel mehr als nur das für mich war, aber er hatte recht, ich wollte ihn. Ich brauchte ihn so sehr, dass ich nicht aufhören konnte, ihn in mich aufzunehmen. Immer heftiger stieß er zu. Meine Brüste wippten und rieben an seiner durchtrainierten Brust. Meine Nägel gruben sich in seine Schultern. Jedes Bisschen von seiner erhitzten Haut, die mit meiner in Berührung kam, brannte sich in meine. Ich wollte ihn ansehen und öffnete die Augen. Seine Schönheit raubte mir den Atem. Dann sog er meine Unterlippe in seinem Mund. Als er sanft darauf biss, spürte ich, wie sich alles in mir zusammenzog vor Lust. Die Mischung aus dem harten Stoßen und seinen sanften Lippen berauschte mich. Dann steigerte er das Tempo. Das klatschende Geräusch von seiner Hüfte an meine nasse Mitte wurde ohrenbetäubend. Genauso wie meine Stimme, die seinen Namen schrie. Allein, wie mühelos er dieses Tempo beibehielt, war unglaublich. Ich fühlte mich, als würde ich jeden Moment in tausend Stücke zerspringen.

Als er »Komm für mich, Baby«, knurrte, war es vorbei.

Der Höhepunkt verschlang Zeit und Raum. Alles drehte sich. So Etwas Intensives hatte ich vorher noch nie gefühlt. Dann küsste er mich wieder und ein heftiger Schauer durchfuhr meinen Körper. Kurz darauf zog er seine Erektion aus mir heraus und kam auf meinen Bauch.

Ich war unfähig, meine Augen zu öffnen. Kraftlos lag ich da und genoss die Empfindungen, die jede Faser meines Seins erschüttert hatten. Seine heiße Flüssigkeit lief an mir herunter. Ihn nicht mehr bei mir zu spüren, ließ mich aus dem traumgleichen Moment erwachen. Als ich die Augen öffnete, stand er mit dem Rücken zu mir neben dem Bett. Er hatte bereits seine Boxershorts angezogen.

# Kapitel 21



*Raul*

»Raul«, hörte ich sie leise rufen, drehte mich aber nicht um. So schnell wie möglich wollte ich aus diesem Zimmer verschwinden. Allein sie anzusehen, war eine Qual für mich. Erst recht nachdem wir uns geliebt hatten. Für sie war es nichts weiter als Sex, aber für mich fühlte es sich nach mehr an.

Ohne ihr zu antworten, ging ich ins Bad, stellte die Dusche an und stellte mich unter den heißen Strahl.

Wieso zum Teufel hatte ich das getan? Wie hatte ich nur mit ihr schlafen können? Tagelang hatte ich mich zusammengerissen, aber die Art, wie sie mich einen Killer genannt hatte, war wie ein Faustschlag in meinen Magen gesaust. Ich wusste selbst, was ich war, aber zu hören, dass sie mich so sah, verletzte mich. Als ich sie an der Wand fixierte, hatte ich gespürt, dass sie mich trotz allem wollte. Ich war der letzte Mensch, aber mein Körper turnte sie an.

Wenn es das Einzige ist, was du von mir willst, werde ich es dir geben, hatte ich aufgebracht gedacht. Währenddessen war ich aber abgedriftet. Mir bedeutete es etwas. Deswegen hatte ich fliehen wollen.

Die Tür ging auf und Giulia kam zu mir in die Dusche. Ich war nicht fähig, sie wegzuschicken, als sie sich zwischen mir und die Wand quetschte, und ihre Arme um meine Taille legte. Das Wasser prasselte auf unsere Köpfe. Dann küsste sie mich und ich schloss wie gelähmt die Augen.

Mein Widerstand dauerte nur kurz. Bevor ich mich versah, küsste ich sie zurück. Ihre Hände wanderten zu meiner Brust und dann hoch zu meinem Hals. Ich konnte nicht anders, ich musste wieder in ihr sein.

Diese Frau hatte eine Macht über mich, die mich komplett lahmlegte. An ihrem Hintern hob ich sie an die Wand. Langsam ließ ich sie auf mich sinken. Dabei sah ich sie an. Ihre Lider schlossen sich ein wenig, während ihre Lippen sich teilten. Dann fing ich an, sie zu ficken. Dieses Mal machte ich langsamer. Ich wollte jeden Augenblick ihrer Lust auskosten. In ihr zu sein war ein unglaubliches Gefühl. Ich hätte nirgendwo anders mehr sein wollen. Als sie meinen Namen stöhnte, überrollte mich eine Hitze, die mir die Kontrolle raubte. Wie wild küsste ich sie und nahm sie immer schneller.

Immer noch uns küssend, in Handtücher eingewickelt, stolperten wir irgendwann ins Zimmer. Mein Handy klingelte in meiner Hose, die neben dem Bett lag. Sofort gingen wir auseinander und ich holte es aus der Tasche heraus.

*Scheiße!*

»Es ist Lorenzo. Er hat bereits drei Mal angerufen.«

Erschrocken sah sie mich an. Ich legte den Finger an meine Lippen, dann nahm ich ab.

»Lorenzo?«

»Was zum Teufel ist da los?! Wieso gehst du nicht ran?«

»Ich war duschen.«

»Über eine halbe Stunde?! Verdammt! Ich dachte, es wäre etwas passiert!«

Er war außer sich. Ich hörte regelrecht, wie er durch den Raum tigerte.

»Es ist alles in Ordnung.«

»Wo ist Giulia?«

»Sie schläft.« Etwas blass sah sie mich an.

»Okay, hör zu. Armando hat sich mit den Rumänen zu-
sammengetan. Ich wünsche mir, dass ihr so schnell wie
möglich zurückkommt.«

Scheiße!

»Verstehe. Wir machen uns gleich morgen früh auf den
Weg.«

»Gut. Pass auf meine Frau auf.«

Wieder sah ich zu ihr. »Natürlich.«

Sobald ich aufgelegt hatte, kam sie auf mich zu. »Was ist
los?«, fragte sie panisch.

»Wir sollen zurück. Armando hat den Pakt geschlossen.«

Erschrocken legte sie die Hände auf ihren Mund. Es dauerte kurz, bis sie wieder etwas sagte.

»Was werden wir jetzt tun?«

Erschöpft setzte ich mich auf die Bettkante. »Das kann
ich dir sagen. Wir kehren zu unserem Leben zurück. Du zu
deinem Freund und ich zu meiner Waffe. Ich bin der Killer,
schon vergessen?«

Ich sagte es leicht dahin, aber es schmerzte. Die Zeit mit
ihr war so schön gewesen. Nie hatte ich mich so gut, so
normal gefühlt.

Giulia kam zu mir. Sie stellte sich zwischen meine Knie
und nahm mein Gesicht in ihren Händen.

»Es tut mir leid, dass ich das gesagt habe.«

»Muss es nicht. Es stimmt doch.« Ich konnte nicht verhindern, meinen Kopf wegzudrehen.

»Darf ich mir etwas zum Geburtstag wünschen?« Sie
drehte meinen Kopf zurück und ich sah sie abwartend an.
»Bleib heute Nacht bei mir. Ich möchte bis zum Aufwachen in deinen Armen liegen.«

Nervös stand ich auf und ging auf Abstand. Nicht nur,
dass ich noch nie eine ganze Nacht mit einer Frau verbracht
hatte, es war noch dazu die Angst, mich immer mehr in

diese Sache zu verstricken. Mir fiel es bereits jetzt schwer, sie gehen zu lassen.

»Giulia, was soll das bringen?«

Vorsichtig kam sie auf mich zu. Fast so, als hätte sie Angst, mich zu verärgern. Das tat weh. Die Sache heute Abend mit dem Typen hatte uns, was das anging, zurückgeworfen. Ich war durchgedreht, als ich gesehen hatte, wie der Mann sie berührte. Es war nicht nur Eifersucht, sondern vor allem Angst um sie gewesen. Dass der Mann meinem Vater ähnelte, hatte eine tragende Rolle dabei gespielt. Ich wollte ihn von ihr weghaben, ihn auslöschen. Hätte sie mich nicht mit ihrem Wegrennen aufgehalten, hätte ich ihn definitiv getötet.

Als sie vor mir stand, nahm ich sie in den Arm und vergrub meine Nase in ihr Haar. »Es tut mir leid«, hauchte ich ihr zu. Überrascht von mir selbst öffnete ich die Augen.

Was zum Teufel war los mit mir?! Ich war nichts weiter als ein Killer! Seit wann entschuldigte ich mich dafür?

»Was genau tut dir leid?« Sie wusste nicht, was in mir vorging. Natürlich fragte sie.

Ich hob meinen Kopf an und hielt ihr Gesicht. »Alles, was war, und alles, was noch kommen wird.« Sie lächelte mich an, aber die Art, wie sie ihre Brauen zusammenzog, zeigte mir, dass sie verwirrt war.

Kurz dachte ich nach, dann gab ich auf. »Lass uns ins Bett gehen.«

Erfreut drückte sie sich an mich. Das hatte sie in der Form nur einmal getan, und zwar nachdem wir eine Konfrontation mit Armandos Männern hatten. Als ich sie aus dem Wagen holte, hatte sie ängstlich ihre Arme um mich gelegt. Das war ein großartiges Gefühl gewesen. In der Regel fürchtete man mich. Dass sie sich hilfesuchend an mich geklammert hatte, war schön. Gerade noch mehr. Mein Herz schien zu platzen.

Vorsichtig hob ich die Hand und strich ihr über die Haare. Dann lehnte ich mein Kinn an ihren Kopf und drückte sie an mich. Kurz standen wir so. Mein Herz pochte so laut, dass sie es vermutlich hören konnte.

Als wir uns hinlegten, lehnte sie ihren Kopf an meine Brust. Mit den Fingern folgte sie der Spur meiner Bauchmuskeln. Dann fuhr ihre Hand zu meiner Brust und zu meinem Bizeps. Es wirkte, als würde sie mich studieren. Jedes kleine Detail an mir. Meinen Arm fuhr sie herunter bis zu meiner Hand. Sie berührte meine Knöchel. Sie waren etwas gerötet wegen den Schlägen, die ich dem Mann vor der Kneipe verpasst hatte. Dann drehte sie ihren Kopf so, dass sie mich ansehen konnte. »Das, was heute Abend passiert ist, fand ich schrecklich. Dass du den Mann geschlagen hast, meine ich.«

Schuldbewusst sah ich sie an. »Es tut mir leid, dass ich dir den Geburtstag versaut habe.«

Diese Frau änderte mich auf eine Weise, die gut tat, für mich aber ungünstig war. Sie brachte mich dazu, mich zu hinterfragen, alles zu hinterfragen. Aber ich war ein Killer und würde nie etwas anderes sein. Ich konnte nichts Anderes.

»Wie bist du eigentlich zu Lorenzo gekommen?«, fragte sie plötzlich.

»Er hatte von mir gehört und schickte ein paar Männer zu mir ...«

»Ah! Das Übliche. Sie kamen mit einem eindrucksvollen Wagen und brachten dich zu ihm«, unterbrach sie mich.

»Nicht ganz. So war es geplant, ja, aber die Männer waren nicht freundlich genug und ich hatte einen schlechten Tag.«

Kurz dachte sie nach, dann hob sie schockiert ihren Kopf an. »Heißt das etwa das, was ich denke?!«

»Ich habe sie nicht getötet, falls du das meinst. Ich habe sie lediglich außer Gefecht gesetzt. Ich wusste schließlich, zu wem sie gehörten.«

Beruhigt legte sie den Kopf wieder ab. »Und dann?«

»Ein paar Tage später kam Lorenzo selbst. Es ist sieben Jahre her. Er bot mir einen Job an und ich schlug ein.«

Sie drehte sich so herum, dass sie halb auf mir lag. »Wie bist du auf die schiefe Bahn geraten?«

»Ich bin auf die schiefe Bahn geboren.«

Neugierig sah sie mich an. »Erzählst du mir davon?«

»Nein.«

»Wieso nicht?«

»Weil ich es sage«, gab ich lächelnd zurück und sie lachte.

Dann krabbelte sie höher und küsste mich. Sie hatte mir nur einen schnellen Kuss geben wollen, aber ich nutzte es aus. Vielleicht würde sie das von ihrer Fragerei abbringen.

Ich grub meine Finger in ihre Haare und küsste sie intensiver. An der Art, wie sich ihr Körper entspannte, spürte ich, wie sie sich in dem Kuss verlor. Fast dachte ich, ich hätte es geschafft, aber dann löste sie sich wieder.

»Netter Versuch, das Thema zu wechseln, Raul!«

Meine Lippen verzogen sich zu einem Grinsen.

»Bitte erzähl mir von dir. Außerdem hast du mich für Lorenzo durchleuchtet. Ich finde es nicht fair, dass du alles über mich weißt und ich nichts über dich.«

»Na schön. Was willst du wissen?«

»Wie bist du zu dem Ganzen gekommen? Du sagtest, du bist auf die schiefe Bahn geboren. Wie soll ich mir das vorstellen?«

Ich richtete meinen Blick zum Fenster. Ich hatte noch nie jemandem davon erzählt. Es fiel mir schwer. Als sie ihre

Hand an meine Wange lehnte, blickte ich zu ihr zurück. Ihre Augen sahen mich liebevoll an. »Rede mit mir.«

»Mein Vater war Boxer. Als er anfing, zu verlieren, fing er an zu trinken. Da war es dann ganz vorbei. Meine Mutter hatte drei Jobs, um uns über Wasser zu halten, aber er gab immer noch eine Menge für Partys und Wetten aus. Irgendwann kam er auf die Idee, meine Mutter würde ihn betrügen. Er dachte sogar, ich wäre nicht sein Sohn. Hin und wieder schlug er sie aber die meiste Wut ließ er an mir aus. Er nannte mich einen Bastard.«

Ich musste schlucken. Die Erinnerungen daran schmerzten immer noch. Giulia rührte sich nicht. Mit weit aufgerissenen Augen sah sie mich an. Sie ließ mich einfach erzählen.

»Meine Mutter versuchte alles, um mich zu beschützen, aber er war stark und es funktionierte nicht immer. Sie sparte, was sie konnte, um mit mir zu flüchten. Als ich acht Jahre alt war, gingen wir in einer Nacht-und-Nebelaktion. Wir warteten, bis mein Vater ausging. Wir hatten nicht gepackt, weil es zu riskant gewesen wäre, aber ich wusste bereits, was ich packen sollte. Eine Viertelstunde nachdem er gegangen war, gab sie das Okay, und ich rannte in mein Zimmer und packte die Sachen ein, die sie mir vorgetragen hatte. Ich werde nie vergessen, wie ängstlich ich war, dass er plötzlich zurückkam und uns erwischte. Dann liefen wir zur Bushaltestelle. Wir mussten nur zehn Minuten warten, aber es kam mir wie Stunden vor. Meiner Mutter sicher auch. Wir fuhren nach Neapel. Es dauerte Wochen, bis wir realisierten, dass wir es geschafft hatten, und entspannter wurden. Ein Jahr später fand er uns aber doch. Obwohl ich versuchte, es zu verhindern, schlug er meine Mutter, bis sie sich nicht mehr rührte. Dann machte er mit mir weiter. Er war aber bereits so geschafft, dass er mich nur schwer verletzte. Er dachte aber, ich wäre tot. Als ich wieder zu mir kam, war sicher ein Tag vergangen. Meine Mutter lag immer noch da. Ich krabbelte auf sie zu. Erst in dem Moment realisierte ich, dass sie tot war. Eine ganze Weile blieb ich neben ihr liegen und weinte.« Ein Blick auf Giulia verriet mir, dass auch sie es tat. Wieder musste ich schlucken. »Als ich wieder aufstehen konnte, verabschiedete ich mich von ihr und floh. Ich dachte, würde jemand erfahren, wer ich war, würden sie mich zu meinem Vater bringen. Deswegen verriet ich niemandem meinen Namen. Zuerst lebte ich auf der Straße. Aber es dauerte nicht lange, bis mich zwei Jungs entdeckten. Sie waren um die Sechzehn Jahre alt. Sie verkauften Drogen und ließen mich mit einsteigen. Dafür konnte ich in einem heruntergekommenen Haus wohnen. So fing meine „Karriere" an. Ich war ungefähr vierzehn, als ich wieder nach Kalabrien kam. Ich suchte ein paar Wochen lang nach meinem Vater. Er erkannte mich erst, kurz bevor der Schuss sich aus meiner Knarre löste. Er war mein erstes Opfer.«

Es war befreiend gewesen, das mal alles auszusprechen. Aber was dachte sie jetzt über mich? Unsicher sah ich sie an. Ich erwartete, dass sie sich unauffällig von mir löste. Stattdessen legte sie ihren Kopf wieder runter auf meine Brust. Ich konnte ihre Augen nicht mehr sehen, aber dann spürte ich eine Nässe an meiner Brust und verstand, dass sie weinte.

Sofort fuhr meine Hand auf ihr Haar. »Hey! Was ist los?«, hauchte ich. »Ich wollte dir keine Angst machen.«

Ich hatte meinen eigenen Vater getötet. Es war abzuwarten, dass sie das schockierte.

Als sie sich enger an mich schmiegte, riss ich überrascht die Augen auf. Immer noch nicht die erwartete Reaktion.

# Kapitel 22



*Giulia*

Ich war sprachlos. Raul hatte mir von seiner Kindheit erzählt und ich hätte alles Mögliche erwartet, nur nicht diese grausige Geschichte. Dass er so viel durchmachen musste, brach mir das Herz.

Ich versuchte, mich in so eine Situation hineinzuversetzen, aber es gelang mir nicht. Die Tatsache, dass er als Kind aus Angst auf der Straße gelebt hatte, nur damit keiner, der ihm hätte helfen können, seinen Namen erfuhr, war schrecklich. Er hatte gar keine Chance auf ein normales Leben gehabt. Jetzt verstand ich auch den Ausbruch heute Abend.

Ich drehte meinen Kopf so, dass ich ihn ansehen konnte. Noch nie hatte ich so einen unsicheren Ausdruck bei ihm gesehen. Was ging in seinem Kopf vor? Meine Hand fuhr zu seinem hübschen Gesicht und legte sich an seine Wange. Kurz sahen wir uns an, dann zog ich mich höher und gab ihm einen Kuss auf die Lippen.

Er rührte sich nicht, aber das hielt mich nicht auf. Ich küsste sein Kinn und seinen Hals. Als ich mich zurück über seinen Mund beugte, wurde mir erst sein heftiger Herzschlag bewusst.

»Was ist los?«, fragte ich leise.

»Sag du es mir.«

Ich erkannte, dass er unsicher war. Ich sah eine fragile Seite an ihm und wusste sofort, diese Seite hatte noch nie jemand zu Gesicht bekommen. Das trieb mir fast wieder die Tränen in die Augen. Dieses Mal vor Freude, dass er sich ausgerechnet mir geöffnet hatte.

Mein Bild von ihm drehte sich komplett. Ich sah den verängstigten Jungen vor mir. Verstand, dass er dieser Mann werden musste, um zu überleben.

»Hattest du schon mal eine feste Beziehung?«, fragte ich nach einer Weile.

»Das ist nicht so mein Ding.«

Das war meine Vermutung gewesen. Sicher war es die Angst, sich an jemanden zu binden und dann zu verlieren, die ihn davon abhielt, Beziehungen zu vertiefen.

»Kennt Lorenzo deine Geschichte?«

»Wir haben uns nie darüber unterhalten, aber ich weiß, dass er gut recherchiert, bevor er sich jemanden ins Haus holt, also ja, vermutlich.«

Dass Lorenzo es wusste und Raul zur schmutzigen Arbeit benutzte, machte mich rasend. Raul hätte jemanden gebraucht, der ihm hilft, anstatt seine Wut auszunutzen.

Immer wieder fragte ich mich, wie sehr ich mich in Lorenzo getäuscht haben musste.

»Ich kann nicht zu ihm zurück«, hörte ich mich plötzlich sagen.

Raul blieb kurz ganz still, dann setzte er sich auf. Dementsprechend tat ich es auch.

»Was soll das heißen?«, fragte er.

»Ich weiß nicht mehr, wer er überhaupt ist, aber ich weiß, dass ich ihn betrogen habe und es nicht einmal bereue. Das muss doch etwas bedeuten.«

Unvermittelt stand er auf. Ich beobachtete, wie er seine Boxershorts anzog, und spürte, dass er aufgebracht war.

»Was ist los?«, fragte ich ihn.

»Was los ist? Du glaubst doch nicht im Ernst, dass du ihn einfach so verlassen könntest!«

»Wieso nicht?«

Ein ironisches Lachen entfuhr ihm. Mit im Nacken gekreuzten Händen drehte er sich weg. Nachdem er ein paar Schritte gegangen war, legte er schnaubend die Hände an die Hüften. »Weil er verdammt nochmal ein Mafiaboss ist! Man kommt nicht einfach aus ihrer Welt heraus, außer er möchte es und glaub mir, er will es nicht.«

Entsetzt stand ich auch auf. »Ich werde doch wohl entscheiden können, ob ich weiterhin mit ihm zusammen sein möchte oder nicht!«

»Wie stellst du dir das vor? Was willst du ihm sagen? Dass du ihn plötzlich nicht mehr liebst?«

»Ich weiß es nicht«, gab ich zu.

»Du weißt es nicht?«

Rauls Reaktion machte mich wütend. Mir war nicht klar, was für eine Reaktion ich erwartet hätte, aber in dem Moment wurde mir bewusst, dass ich keinen auf meiner Seite hatte. Nicht einmal ihn. Er war schließlich Lorenzos Mann. Was zum Teufel hatte ich erwartet?

Wutentbrannt ging ich ins Bad und schloss die Tür ab. Tränen liefen unvermittelt über meine Wangen. Am Waschbecken lehnend bedeckte ich mein Gesicht mit den Händen. Es war mir alles zu viel. Die Erkenntnis, dass meine Gefühle für Lorenzo doch nicht so stark waren, wie ich immer dachte, und die für Raul hingegen stetig wuchsen, stürzte mich in ein tiefes Loch. Dass Raul noch dazu meinte, Lorenzo würde mich nicht so leicht gehen lassen, überforderte mich. Es schien mir unglaubwürdig. Lorenzo kann mich doch nicht zwingen, bei ihm zu bleiben, aber wieso war Raul so sicher?

Dann klopfte es an der Tür. Nach einem tiefen Atemzug öffnete ich, ging aber direkt wieder zum Waschbecken.

Raul kam herein. Ganz unerwartet umarmte er mich. Mit dem Gesicht an seiner Schulter gepresst musste ich erst recht weinen.

»Du darfst es nicht meinetwegen tun«, hauchte er irgendwann. »Für uns gibt es keine Zukunft.«

Wie ein Stich ins Herz verletzten mich seine Worte. Mir war nicht bewusst gewesen, dass ich mir so etwas wie eine Zukunft mit ihm vorstellte, bis er es mit seinen Worten zerschmetterte. Wütend und verletzt zugleich löste ich mich von ihm.

»Mach dir keine Sorgen. Ich erwarte nichts von dir.«

Schnaubend fuhr er sich durch die Haare. »Du verstehst das nicht. Es geht nicht darum, ob ich es wollen würde oder nicht. Lorenzo würde es niemals zulassen. Bevor so etwas passiert, würde er uns beide töten.«

»Weißt du was? Ich denke, du schätzt Lorenzo falsch ein. Natürlich, er ist, was er ist, aber ich denke nicht, dass er mir jemals etwas antun würde und schon gar nicht, dass er etwas dagegen tun könnte, wenn ich mich trennen möchte. Ich werde dich nicht mit reinziehen, keine Sorge. Ich werde ihm sagen, dass diese ganze Situation mit der Flucht mir klargemacht hat, dass ich dieses Leben nicht möchte. Ich werde zurück nach Mailand kehren und euch und das Ganze hier vergessen!«

Unvermittelt lachte er. »Das hört sich nach einem Plan an. Er wird leider so nicht funktionieren, aber du hast dir Gedanken gemacht.«

Immer noch amüsiert ging er aus dem Bad. Ich kochte vor Wut. »Das werden wir sehen!«, keifte ich und schlug die Tür wieder zu.

Als ich mich soweit beruhigt hatte, ging ich aus dem Bad und nach draußen. Ich wollte zu dem Hund. Raul bat ich, Abstand zu halten. Ich wusste, dass er auf mich aufpassen musste, aber ich war ja vor der Tür, und diese würde ich offenlassen. Obwohl er damit nicht einverstanden war, gab er sich schließlich geschlagen. Er gab mir fünf Minuten.

Ich war kaum vor der Tür, als der Hund schwanzwackelnd auf mich zukam. Wie immer setzte ich mich auf den Boden und kuschelte mit ihm. Ich fütterte ihn mit der Wurst, die noch übrig war. Wir würden im Morgengrauen zurück nach Italien reisen und brauchten die nicht mehr.

Mir wurde bewusst, dass er im Moment das Einzige war, was einem Freund nahekam. Würde er weiterhin in der Nähe dieser Tür ausharren und auf mich warten? Dieser Gedanke brach mir das Herz.

»Ich bin morgen weg, mein kleiner Freund«, hauchte ich ihm zu. »Ich werde dich nicht vergessen. Hoffentlich findest du jemanden, der sich um dich kümmert. Pass gut auf dich auf.«

Obwohl er ein Hund war, hatte ich das Gefühl, dass er mich verstand. Blickten seine Augen mich tatsächlich traurig an, oder war es das schlechte Gewissen, das es mich einbilden ließ?

Nach einer Weile kam Raul zu mir. »Es ist spät, du solltest ein wenig ausruhen. Wir werden nach Hause fliegen. Lorenzo hat gerade nochmal angerufen. Er hat eine private Maschine gebucht. Um sechs Uhr fliegen wir los.«

»So eilig hat er es?«, fragte ich, ohne ihn anzusehen.

»Ja. Er möchte, dass wir zurück sind, bevor der Krieg losgeht.«

Als er das sagte, drehte ich ihm meinen Kopf zu. »Was genau meinst du mit Krieg? Sollte ich nicht deswegen weg?«

»Du solltest weg, als wir noch dachten, Armando würde nach dir suchen, aber wenn zwei Clans in der Größenordnung uns den Krieg erklären, kann ich dich allein nicht beschützen. Zuhause ist es sicherer. Außerdem braucht Lorenzo mich.«

# Kapitel 23


*Raul*

Wie sie da saß und den Hund, der halb auf ihren Beinen lag, streichelte, schien sie die Ruhe selbst zu sein. Ihre ganze Aufmerksamkeit galt dem Köter. Sie hatte immer noch nicht verstanden, wie ernst die Lage war. Vielleicht war es sogar besser so. Sie in Angst und Schrecken zu versetzen war das Letzte, was ich wollte. Andererseits würde sie es mitbekommen, wenn der Spaß losging.

Immer wieder flüsterte sie dem Hund etwas zu.

»Was meinst du, warum er allein auf der Straße ist?«

Ohne von dem Hund wegzublicken, richtete sie sich traurig an mich.

»Das kann viele Gründe haben. Vermutlich wurde die Mutter totgefahren.« Sofort musste ich an meine eigene Kindheit denken. An dem Gefühl, abends allein im Dunkeln zu hocken. Bei jedem Geräusch zusammenzuzucken. Ich verspürte schon lange keine Angst mehr, aber die Ängste aus der Kindheit würde ich wohl nie ganz vergessen.

Es dauerte noch ein bisschen, bis ich sie von ihm wegbekam. Schließlich löste sie sich und winkte ihm mit tränengefüllten Augen zu.

Es war schon ziemlich spät. Anstatt wie geplant oder wie ich mir gewünscht hätte, umarmt zu schlafen, gingen wir auf Abstand. Ich wusste, sie dachte, ich würde sie nicht wollen und mir Sorgen um mich selbst machen, wegen

Lorenzo, aber so war es nicht. Ich wollte sie mehr, als ich je etwas gewollt hatte. Ich hätte sie am liebsten nicht mehr gehen lassen, aber ich musste. Lorenzo würde nicht zulassen, dass sie sich von ihm trennte, und schon gar nicht würde er sie mir überlassen. Er würde sich gnadenlos gegen uns richten. Sie würde verletzt oder getötet werden.

Die ganze Nacht blieb ich wach. Als mein Wecker klingelte, sah ich zu ihr. Sie schlief tief und fest. Es war das letzte Mal, dass ich neben ihr lag. Am liebsten hätte ich meine Lippen auf ihre gelegt und sie so geweckt, aber ich wusste, dabei wäre es nicht geblieben. Ich hätte ihr damit nur wehgetan. Mehr als ohnehin schon.

Frustriert stand ich auf und fing an, unsere Sachen zu packen. Erst nach dem Duschen weckte ich sie. Ich bückte mich hinunter, berührte ihren Arm und rief leise ihren Namen.

Als sie die Augen öffnete, blickte sie mich verträumt an. Sie rührte sich nicht und ich war wie gebannt. Ihre Augen baten mich um etwas. Was genau es war, wusste ich zuerst nicht, aber mein Gefühl sagte mir, dass es an unserer Rückreise lag. Sie wollte nicht, dass ich sie zurückbrachte. Sie wollte nicht, dass ich sie gehen ließ. Plötzlich sah ich es ganz klar in ihren Augen. Fast hätte ich alles um mich herum vergessen, aber dann fing ich mich wieder und löste mich, um ihretwillen, von ihr.

»Komm, wir müssen gleich los.«


Im Flieger starrte sie fast pausenlos aus dem Fenster. Ich sah ihr an, dass sie mit mir abgeschlossen hatte.

Kein Wunder! Ich war ein Arschloch gewesen, aber es war besser so.

Als wir landeten, blickte ich aus dem Fenster und sah, dass zwei unserer Wagen auf der Rollbahn auf uns warten.

Wir stiegen aus und hastig in eins der Autos. Jetzt war Vorsicht geboten. Wir waren sozusagen wieder auf dem Präsentierteller. Zumindest bis wir auf dem Anwesen waren.

Der Flughafen Lamezia Terme war ungefähr sechzig Kilometer von Tropea entfernt. Einer der Wagen besaß einen Störsender. Das verhinderte eine eventuelle Bombendetonation auf unserem Weg. Das zweite Auto fuhr dicht an uns heran. Wir waren sieben Männer insgesamt. Sollten Autos sich nähern, um auf uns zu schießen, wären wir gut bewaffnet, trotzdem war ich nervöser als ich es je war. Ihretwegen. Niemals wollte ich zulassen, dass Giulia etwas passierte.

Anfangs war sie entsetzt über das Großaufgebot gewesen, aber mittlerweile saß sie entspannt da. Sie ahnte immer noch nicht im Geringsten, in was für einer Gefahr sie schwebte.

Über ihr Vorhaben, sich von Lorenzo zu trennen, hatten wir nicht mehr gesprochen. Wir hatten generell nicht mehr viel miteinander geredet. Deshalb wusste ich nichts über ihre Pläne. Das machte mich mittlerweile wahnsinnig.

Endlich bogen wir in Lorenzos Straße ab. Ich sah bereits die Männer vor dem Tor stehen. Es waren acht. Die Fahrer verringerten das Tempo und hielten vor dem Tor an. Es waren nur wenige Sekunden, dann waren wir drin. Ich konnte aufatmen.

Wir waren noch nicht ausgestiegen, da kam Lorenzo bereits aus dem Haus. Er sah ernst aus, trotzdem war ihm die Freude über Giulias Rückkehr anzusehen. Verstohlen blickte ich zu ihr, zeitgleich sah sie mich an. Dann stiegen wir aus.

Lorenzo ging direkt auf sie zu und umarmte sie. Als er sie dann küsste, spürte ich regelrecht das Blut durch meine

Adern pumpen. Meine Hände ballten sich wie von selbst zu Fäusten. Die Wut, die mich überkam, war astronomisch. Fast hätte ich überhört, dass Lorenzo mit mir sprach.

»Willkommen zurück«, sagte er zu mir und gab mir die Hand.

Immer noch wie erstarrt, drückte ich sie zurück. Vielleicht etwas zu kräftig, denn er blickte mich verwundert an. Sofort ließ ich los. Dann drehte er sich wieder Giulia zu. »Schatz, das Dienstmädchen begleitet dich nach oben. Ich muss erstmal kurz mit Raul sprechen, aber ich komme gleich.«

Giulia nickte, sah dann mich kurz an und ich wusste, sie machte sich Sorgen. Am liebsten hätte ich ihr gesagt, sie bräuchte es nicht. Lorenzo hätte uns sicher nicht so entspannt empfangen, wenn er etwas ahnte.

Giulia ging hinein und wir näherten uns dem Garten. Wir setzten uns an einen der Tische.

»Wie ist es gelaufen?«, fragte er mich.

»Sie lebt, oder?« Ich konnte meinen Zorn kaum im Zaum halten. Aber Lorenzo kannte mich kaum anders, daher wunderte er sich nicht.

»Wir müssen diese ganze Sache beenden, bevor zu viel Aufmerksamkeit erregt wird.«

»Das wird schwierig. Die Rumänen sind nicht gerade für ihre Diskretion bekannt.«

Nachdenklich nickte er. Die Ndrangheta aus Kalabrien hatte sich zur mächtigsten Mafia der Welt emporgearbeitet, eben weil sie keine Aufmerksamkeit erregte. Im Gegensatz zur Mafia aus Sizilien, die in den neunziger Jahren einen öffenen Krieg gegen den Staat führte, arbeiteten sie still im Hintergrund.

»Was können wir tun?«, fragte er mich ernst. Ich war seine rechte Hand. Er beriet sich oft mit mir.

»Wir könnten mit Armando reden. Er gehört zur alten Schule. Die Aufmerksamkeit, die es geben wird, wird ihm auch nicht gefallen. Vielleicht lässt er mit sich reden.«

»Es könnte wirken, als hätte ich Angst.«

»Nicht, wenn man es richtig macht. Die Alternative wäre, sie zu vernichten, und das geht nicht ohne Krach.«

Lorenzo stand auf, drehte mir den Rücken zu und zündete sich eine Zigarette an. Da erst fiel mir auf, dass ich nicht mehr geraucht hatte. Als er sich wieder zu mir wandte, erkannte ich, dass er sich entschieden hatte. »Es wird Krach geben. Ich werde nicht vor ihnen kriechen.«

Ich befürchtete, dass er das sagen würde. Sein Stolz war ihm nicht zum ersten Mal ein schlechter Berater.

»Wie du willst«, gab ich zurück und stand auf. »Ich rede mit den Männern.«

# Kapitel 24

*Giulia*

Lorenzos Dienstmädchen war weniger ein Mädchen als eher eine ältere Dame. Sie war sehr klein. Vermutlich Ende Sechzig. Ihre Haare waren kurz und immer noch pechschwarz. Ihr rundes, faltiges Gesicht wirkte freundlich. Fast tat es mir leid, dass sie die ganzen Stufen mit mir nach oben gehen musste, um mir mein Zimmer zu zeigen.

Erst als ich drin war, erkannte ich, dass es Lorenzos Schlafzimmer war. Frustriert blickte ich mich um.

»Dieses Haus ist riesig. Kann ich nicht ein eigenes Zimmer bekommen?«

Stirnrunzelnd blickte sie mich an. »Aber Signora, Don Lorenzo wollte, dass ich Sie hier einquartiere.«

Schnaubend ging ich ein paar Schritte auf sie zu. »Das verstehe ich, aber wissen Sie, Lorenzo und ich … na ja, wir sind uns noch nicht sehr nahegekommen. Es wäre etwas unpassend. Wissen Sie, was ich meine?«

Als sie verstand, riss sie die Augen auf. »Ich verstehe«, sagte sie nickend. »Aber was sollen wir tun? Der Don wollte es so…«

Entgeistert wunk ich ab. »Das macht nichts. Ich kläre es selbst mit ihm, und bitte nennen Sie mich Signorina oder einfach Giulia. Wir sind noch nicht verheiratet.«

Wieder riss sie die Augen auf. Es war zwecklos. In all ihren Augen war ich bereits seine Frau. Das würde mir mein Vorhaben sicher nicht erleichtern.

Stunden waren vergangen. Als Lorenzo immer noch nicht kam, ging ich auf die Suche nach ihm. Laura, die ältere Dame, sagte, er wäre im Büro. Ich klopfte einmal an, dann trat ich ein.

Mit weiteren drei Männern saß er da. Raul war nicht dabei.

»Kann ich etwas für dich tun?«, fragte er hastig. Offensichtlich hatte er keine Zeit für mich.

»Darf ich dich kurz sprechen? Es dauert nur eine Minute.«

Dass er nach meiner Rückkehr sich nicht einmal Zeit für mich nahm, obwohl er es versprochen hatte, hätte mich früher geärgert, aber jetzt, wo ich so durcheinander war, machte es mir nichts aus.

Er sah zu den Männern und sie verließen das Büro.

»Laura hat mich in dein Schlafzimmer einquartiert, könnte ich bitte ein eigenes Zimmer haben?«

Seine braunen Augen fixierten mich. Es dauerte kurz, bis er etwas sagte. Sein Blick ließ mich nicht kalt. Er strahlte etwas Machtvolles und Selbstsicheres aus. »Was gefällt dir an meinem Zimmer nicht?«

»Wir … du weißt, wieso.«

»Komm her«, sagte er etwas sanfter.

Ich konnte nicht anders. Automatisch ging ich auf ihn zu. Als er seine Hand nach mir ausstreckte, ergriff ich sie und er zog mich vor sich. Seine Hände lagen an meinen Seiten. Dann stand er auf. Zwischen ihm und dem Schreibtisch gefangen, fühlte ich mich unvermittelt unwohl. Ich hatte am Vorabend mit Raul geschlafen. Egal was Lorenzo in meinen Augen für Fehler begangen hatte, betrogen zu werden verdiente er sicher nicht. Schuldbewusst neigte ich den Kopf.

Lorenzo hob mein Kinn und küsste mich. Seine weichen Lippen fühlten sich wie immer fantastisch an, aber ich spürte lange nicht die explosive Aufregung, die ich bei einem Kuss von Raul empfand. Als mir das bewusst wurde, fasste ich den Entschluss, dass es so nicht weitergehen konnte. Ich wollte gerade mit ihm reden, als es an der Tür klopfte.

»Ja«, rief er und einer der Männer, die vorher im Büro saßen, steckte den Kopf durch einen Spalt. »Es geht los«, sagte er und Lorenzo nickte. Dann sah er wieder zu mir.

»Ich habe gerade keine Zeit. Wir reden heute Abend. Such dir ein weiteres Zimmer aus, wenn es dir so wichtig ist. Das ist dein Zuhause. Du brauchst mich nicht zu fragen.«

Ich zwang mir ein Lächeln ab, dann ging ich. Sobald ich durch die Tür war, gingen die Männer wieder herein. Ich blickte noch einmal zu Lorenzo, aber er nahm mich nicht wahr. Er war gerade dabei, den Fernseher einzuschalten. Stirnrunzelnd ging ich weg.

Anstatt nach oben zu gehen, ging ich nach draußen. Das beklemmende Gefühl, eingesperrt zu sein, beschlich mich wieder und ich brauchte frische Luft.

Ich ging vorne raus. Im Hof parkten einige Autos. Viele Männer standen herum, aber einer erregte direkt meine Aufmerksamkeit. Obwohl er weiter weg und von den Männern halb verdeckt worde, erkannte ich Raul sofort. Mein Magen fing augenblicklich an zu kribbeln. Sechs Stunden waren vergangen, seit ich ihn das letzte Mal sah, und doch kam es mir wie Wochen vor.

Als er sein Gespräch beendete, kam er auf das Haus zu. Er war sicher zu Hause gewesen, denn er trug neue Kleidung.

Ich erkannte den Moment, als er mich entdeckte, daran, dass er kurz langsamer wurde. Auf meiner Höhe blieb er stehen. Ohne mich anzusehen, sprach er mich leise an.

»Den Zug nach Mailand verpasst?« Dann sah er mich doch an und grinste.

Obwohl er sich darüber lustig machte, dass ich gesagt hatte, ich würde sie alle vergessen und nach Mailand fahren, und doch immer noch hier stand, musste ich lächeln.

»Bald«, gab ich leise zurück.

Immer noch amüsiert schüttelte er den Kopf, dann hastete er hinein. Ich fragte mich, ob sie ein Fußballspiel ansehen wollten, aber sie hatten so ernst gewirkt. Machte irgendwie keinen Sinn.

# Kapitel 25

*Raul*

Auf dem Weg zum Büro ging mir Giulia nicht aus dem Kopf. Es hätte im Moment Wichtigeres gegeben, aber diese Frau hatte die Macht, mich von allem loszureißen. Ein Blick von ihr und ich ging k.o.

Ohne anzuklopfen betrat ich den Raum. Alle starrten gespannt auf den Fernseher. Dann gingen die Nachrichten los, und das, worauf wir gewartet hatten, war die Eilmeldung des Tages. Wir wussten bereits, was sie verkünden würden. Interessant war nur, wer für die Anschläge verantwortlich gemacht werden würde.

*„Bilder des Grauens erreichen uns aus Rom und Neapel. Vor etwa einer halben Stunde hat es in beiden Städten Bombenanschläge in der Nähe von Wohnhäusern gegeben. Die Häuser blieben so gut wie verschont. Die Bomben sollen sich in davor abgestellten Wagen befunden haben. Die Straßen und die davorliegenden Tore wurden vollständig zerstört …"*, fing die Reporterin an, zu berichten.

Sie zeigten die Bilder der zerstörten Straßen. Es waren jeweils die Einfahrten zu den Häusern von Armandos Exfrau und Mutter seines Sohnes und von der Geliebten von Marcello, dem Clanführer der Rumänen. Wie geplant hatte es keine Opfer gegeben. Es sollte eine letzte Warnung werden, bevor wir ernst machten.

*„Der Innenminister hat bereits eine Stellungnahme veröffentlicht. Man geht von zwei rivalisierenden Mafiaclans aus. Die Antimafia-Kommission sei bereits eingeschaltet."*

Zufrieden schaltete Lorenzo den Fernseher aus. »Sehr gut. Die hinterlassene Beweislage wird zu den beiden führen, und wir sind fein raus. Sie werden es sich gut überlegen, jetzt, wo Sie die Kommission am Hals haben, ob Sie weiterhin Krieg führen wollen.«

»Mach nicht den Fehler, Sie zu unterschätzen«, sagte ich zu ihm. »Das war ein Affront. Sie werden es nicht so hinnehmen.«

Grinsend sah Lorenzo mich an. »Wieso bist du eigentlich immer so negativ eingestellt? Du hast die Aktion super geplant und durchführen lassen. Wir sollten feiern.«

Die Männer krochen ihm wie immer in den Hintern, indem sie seine gute Laune teilten. Zumindest vorne herum, aber aus vielerlei Gründen, war ich nicht in Stimmung, also stand ich auf.

»Es waren lange Tage. Wenn du nichts dagegen hast, würde ich jetzt nach Hause gehen.«

Lorenzo näherte sich und legte mir seine Hand auf die Schulter. »Ja, du hast wie immer gute Arbeit geleistet. Du hast dir eine Pause verdient. Nimm dir morgen den Tag frei.«

Verwundert runzelte ich die Stirn. »Hältst du das für eine gute Idee? Gerade jetzt nach den Anschlägen?«

»Natürlich!«, sagte er heiter. »Die Sache ist erstmal vom Tisch. Mach dir nicht immer so viele Gedanken!«


Zuhause angekommen, ließ ich mich zuerst aufs Sofa fallen. Dass Lorenzo so leichtfertig mit der Situation umging, wäre mir fast egal gewesen, wenn er dabei nicht Giulias Sicherheit aufs Spiel setzte. Zu glauben, Armando und Marcello würden es sich einfach gefallen lassen und die Füße stillhalten, war unverantwortlich.

Aufgebracht stand ich wieder auf und ging zum Schrank mit dem Alkohol. Ich nahm eine Bourbon Flasche heraus und füllte ein Glas. Nach einem großen Schluck ging ich in die Küche und blickte in den Kühlschrank. Wie vermutet war nichts Essbares drin. Ich war zu lange weg gewesen. Die Flüssignahrung musste für heute reichen.

Wieder einmal dachte ich an Giulia. Es war mir immer gut gegangen und plötzlich fühlte sich hier alles so leer an. Ich hätte es vermutlich nie laut zugegeben, aber ich fühlte mich einsam, aber vor allem vermisste ich sie.

Ich dachte an unseren letzten Abend. Daran, wie hart es geklungen haben musste, als ich ihr sagte, sie solle nicht auf mich bauen. Dass es keine Zukunft für uns gäbe. Es stimmte zwar, aber ich hätte sie nicht so verletzen sollen.

Nachdenklich runzelte ich die Stirn. Ich konnte sie zwar nicht haben, aber ich konnte einen Teil von ihr haben. Etwas, das ihr wichtig war. Unvermittelt schnappte ich mir das Handy und rief Walid an.

»Raul? Wie geht es dir, mein Freund? Ihr habt es ja mächtig krachen lassen!«

»Es geht mir gut. Ich brauche einen Gefallen.«

»Natürlich. Was kann ich für dich tun?«

»Hast du jemanden in der Nähe von Tanger?«

»Sicher. Was brauchst du?«

Mit der Hand fuhr ich mir über das Kinn. Was zum Teufel tat ich hier? Ich war übergeschnappt, ganz eindeutig!

»Raul? Alles okay?«

»Ja, es geht um einen Hund.«

Walid lachte. »Hast du gerade Hund gesagt, mein Freund?«

Schnaubend setzte ich mich aufs Sofa. »Ja, habe ich. Jemand soll nachsehen, ob er immer noch dort ist, wo ich ihn vermute, und ihn nach Italien schaffen. Derjenige wird gut bezahlt. Es ist mir wichtig.«

Nach dem Telefonat zog ich mich um und legte mich aufs Sofa. Überall liefen Nachrichten. Kopfschüttelnd sah ich mir die Bilder erneut an. Es waren keine Riesenaktionen gewesen, aber allein die Tatsache, dass die zwei Häuser ständig und überall gezeigt wurden, würde die beiden zur Weißglut bringen. Zu der offensichtlichen Drohung kam noch der große Eingriff in die Privatsphäre hinzu. Wenn Lorenzo dachte, das würde sie kleinkriegen, täuschte er sich gewaltig.

# Kapitel 26

*Giulia*

Lange war ich durchs Haus gewandert. Im erstbesten Zimmer brachte ich meine Sachen unter.

Als es Abend wurde, aß ich, dann legte ich mich hin. Ich war immer noch wach, als Lorenzo zu mir kam. Meine Nachttischlampe tauchte das Zimmer in ein gemütliches Licht.

Ohne den Blick von mir zu wenden, schloss er die Tür und kam auf mich zu. Seine Hemdsärmel waren hochgekrempelt. Zwei Knöpfe an seiner Brust waren geöffnet. Obwohl ich ihn noch nie nackt gesehen hatte, wusste ich, dass er einen wunderschönen Körper besaß. Das sah man bereits durch die Kleidung.

Er setzte sich aufs Bett und beugte sich hinunter, um mich zu küssen. Seine Hand fuhr in mein Haar und drückte meinen Kopf fest an sich.

»Du warst lange im Buro …«, hauchte ich, um unseren Kuss zu unterbrechen.

»Ja, tut mir leid. Es war viel los heute.«

»Habt ihr Fußball geschaut?«

Lächelnd und mit gerunzelter Stirn sah er mich an. »Nein, wie kommst du darauf?«

»Ihr schient alle so versessen darauf, fern zu sehen.«

Wissend nickte er, als er verstand, was ich meinte. »Nein, wir haben kein Fußball geschaut, nur Nachrichten.«

Dieses Mal runzelte ich die Stirn, doch bevor ich fragen konnte, legte er erneut die Lippen auf meine. Als er seine Schuhe wegkickte und sich zu mir legte, bekam ich es mit der Angst zu tun. Unvermittelt spürte er meine Anspannung.

»Keine Sorge, ich weiß. Ich will dich nur berühren«, hauchte er mir zu.

Lorenzo ließ mich nicht kalt. Weder seine Lippen, die meine neckten, noch seine Hände, die sich einen Weg über meinen Körper bahnten.

»Warte«, flüsterte ich, als sich seine Hand meiner Mitte näherte. Panisch legte ich meine darauf.

»Es passiert nichts. Wir schlafen nicht miteinander. Aber ich darf dich doch wohl berühren.«

Wieder küsste er mich. Ich hätte mich von ihm lösen und ihm sagen sollen, dass ich unsere Beziehung überdachte, aber ich konnte nicht. Die Art, wie seine Hand mich berührte, ließ mich kurzzeitig alles um mich herum vergessen. Der Schmerz, Raul nicht haben zu können, war das Größte davon.

»Das gehört allein mir. Nur mir«, hauchte er irgendwann und holte mich schlagartig in die Realität zurück.

Panisch löste ich mich von ihm und kletterte aus dem Bett. Sein Blick, als er mich ansah, sprach Bände. Er war wütend.

»Was ist los mit dir?«

»Ich kann das nicht.«

Sofort stand er auf und kam langsam auf mich zu. »Was kannst du nicht?«

»Ich weiß nicht, ob das mit uns noch funktioniert. Ich habe in den letzten Tagen viel nachgedacht und ...«

Er war fast bei mir. Je mehr er zu mir schritt, umso mehr schritt ich zurück, bis ich die Wand im Rücken spürte. Um mir jede Fluchtmöglichkeit zu nehmen, drückte er die Hände rechts und links von mir an die Wand.

»Wovon redest du?« Sein Mund war nur Millimeter von meiner Wange entfernt.

»Ich will dieses Leben nicht. Wenn ich hier in Gefahr bin, möchte ich erstmal zurück nach Mailand.«

Mit der Hand drehte er mein Gesicht zu sich. »Meinst du dieses Leben oder willst du mich nicht?«

Seine braunen Augen strahlten etwas Scharfsinniges aus. Es wirkte fast, als könnten sie in meinem Inneren blicken. Aufgeregt schluckte ich. »Ich weiß es nicht«, gab ich zu.

»Du weißt es nicht? Wir sind so gut wie verheiratet, und jetzt sagst du, du weißt es nicht?«

»Ich habe nicht ja gesagt.«

»Du hast auch nicht nein gesagt«, knurrte er und ich wandte mich erneut um. Seine Stimme an meinem Ohr ließ mich zusammenfahren. »Du wirst hierbleiben. Da hast du genug Zeit, um nachzudenken.« Dann löste er sich von mir. »Du bekommst gerade kalte Füße. Das ist alles«, sagte er. Als würden meine Worte überhaupt keine Bedeutung haben, ließ er mich stehen und ging aus dem Raum.

Ich brauchte kurz, um mich zu fangen. Als es so weit war, packte mich die Wut. Dachte er etwa, er könnte mir die Entscheidung abnehmen?

Dass ich in Gefahr schwebte stimmte, und ich fragte mich, wie lange es wohl noch andauern würde.

Eigentlich wollte ich nicht aus Kalabrien weg. Genauso wenig wollte ich meine Arbeit aufgeben, aber das war Lorenzo-Land hier. Ich wusste, würde ich bleiben, würde er nie von mir ablassen. Schlimmstenfalls würde er mir das Leben schwer machen. Das traute ich ihm mittlerweile zu. Am meisten aber schmerzte es mich, Raul hinter mich zu lassen. Er wollte mich nicht, aber ich empfand mittlerweile etwas für ihn. Allein die Vorstellung, ihn nie wiederzusehen, ließ meinen Magen in sich zusammenkrampfen.

Traurig und verwirrt zugleich ging ich zurück zum Bett und legte mich hin. Obwohl mir unzählige Gedanken durch den Kopf kreisten, schaffte ich es relativ schnell, einzuschlafen. Seine olivgrünen Augen waren das Letzte, was ich hinter meinen geschlossenen Augenlidern sah.

# Kapitel 27



*Raul*

Als ich am Morgen aufwachte, blieb ich noch eine Weile im Bett liegen. Es war mein freier Tag und meine Laune bereits im Keller.

Am Vorabend hatte ich einen Anruf bekommen. Der Hund war tatsächlich vor dem Hotel gewesen. Anhand eines Fotos bestätigte ich, dass es sich um den richtigen Streuner handelte, und bestellte ihn zu mir. Er würde bald ankommen. In einer Stunde musste ich los zum Flughafen. Unvermittelt drehte ich mich auf den Bauch und drückte das Gesicht in das Kissen.

Was zum Henker hatte ich mir dabei gedacht? Das würde meine Sehnsucht nach Giulia auch nicht stillen. Noch dazu müsste ich mich jetzt um einen Hund kümmern, wo ich doch nicht einmal in der Lage war, für mich selbst etwas Essbares im Kühlschrank zu haben. Ich würde die alte Dame von nebenan bitten, hin und wieder nach ihm zu sehen. Nur für alle Fälle.

Frustriert stand ich auf und ging zu meiner Stange, die an der Decke neben der Tür zwischen Wohnzimmer und Flur angebracht war. Ich streckte mich, um an die Stange zu kommen, dann fing ich an, zu trainieren.

Als ich am Flughafen stand und die Angestellte die Box mit dem Hund vor mich hinstellte, blickte ich durch das Gitter auf die pechschwarzen Augen des Streuners. Ich unterschrieb den Empfang, ließ den Hund heraus und ging mit ihm zum Ausgang. Verstohlen blickte ich ihn zwischendurch an. Als wir draußen waren, ließ ich ihn zuerst ins Grüne.

Unvermittelt schüttelte ich ungläubig den Kopf. Wieder einmal fragte ich mich, welcher Teufel mich zu dieser Aktion geritten hatte. Ich war der berüchtigste Killer der Mafia und nun ging ich Gassi! Der Hund hechelte so komisch, dass es beinah wirkte, als würde selbst er mich auslachen. Sofort hockte ich mich zu ihm hinunter.

»Sei vorsichtig, mein kleiner Freund. Nur damit das klar ist, ich bin nicht Giulia. Nicht einmal annährend. Du bekommst Essen und einen Platz zum Schlafen. Wenn du dich benimmst und meine Wohnung so hinterlässt, wie du sie gleich vorfinden wirst, dann werden wir uns gut verstehen. Ansonsten fliegst du schneller nach Marokko, als du bellen kannst! Verstanden?«

Als ich mich wieder aufrichtete, sah ich ein älteres Pärchen, das ihre Koffer hinterherzog, lächelnd an mir vorbeilaufen. Liebevoll blickten sie von mir zu dem Hund. Sie hatten nicht gehört, was ich sagte, aber sie dachten vermutlich, es wäre schön, dass ich mich mit meinem Hund unterhielt. Wie ein verdammter Idiot. Grimmig zog ich den Hund zum Auto und ließ ihn hinten einsteigen.

Zu Hause angekommen ließ ich ihn trinken und essen. Vor der Fahrt zum Flughafen war ich einkaufen gewesen und hatte mit der Nachbarin gesprochen. Während er aß, kochte ich mir selbst etwas.

Als ich nach dem Essen auf dem Sofa saß, sah ich ihn schnüffelnd und suchend durch die Wohnung laufen.

»Falls du nach Giulia suchst, sie ist nicht hier. Es gibt nur uns beide. Freunde dich damit an.«

Ich war derjenige, der sich damit anfreunden musste, wurde mir bewusst. Pausenlos dachte ich an sie und wünschte mir, sie wäre anstelle dieses Hundes hier, aber das würde niemals passieren. Giulia war in der Riesenvilla beim Boss. Wieso sollte eine Frau diese jemals mit meiner Zweizimmer-Wohnung tauschen?

Was zum Henker machte ich mir wieder für Gedanken? Selbst wenn ich eine ganze Insel zu bieten hätte, würde Giulia niemals bei mir wohnen. Allein schon deswegen, weil wir dann beide tot wären!

Es war mittlerweile früher Abend. Ich hielt es zuhause nicht mehr aus, also ging ich zu Lorenzos Bar. Das war der Laden, indem seine Männer sich nach Feierabend aufhielten. Hier trafen wir uns auch, um uns gegenseitig auszutauschen oder um Geld zu verteilen. Unsere kleine Zentrale.

Ich war kaum drin, da stellte mir der Barman einen Espresso hin. Es waren um die zwanzig Männer anwesend. Alle nickten mir respektvoll zu. Ich war schließlich Lorenzos wichtigster Mann. Sein Erbe. Bei der Ndrangheta waren die Verhältnisse immer lange vor dem Ableben eines Bosses geklärt. Der Erbe sollte, falls keine Familienangehörigen vorhanden waren, wie in diesem Fall, vorher abgeklärt sein. Irgendwer musste immer vorhanden sein, um die Geschäfte weiterzuführen. In dem Fall wäre ich es. Sollte ich auch sterben, würde Giorgio übernehmen. Er war sogar schon länger als ich bei Lorenzo, trotzdem arbeitete ich mich zur rechten Hand empor. Die Dauer der Mitarbeit war nicht wirklich relevant. Wichtig war eher, was man draufhatte.

Im Stehen trank ich meinen Kaffee, als Luca sich dem Tresen näherte. Er war einer derjenigen, die am längsten bei uns waren.

»Es hat ganz schön geknallt gest…«

Den Satz konnte er nicht beenden. Gewehrschüsse regneten durch die zersplitternden Fensterfronten. Glas und

Kugeln schossen überall hin. Gerade so schaffte ich es, zu Boden zu gehen. An den Geräuschen erkannte ich, dass die Männer auf Motorrädern fuhren. Es mussten mindestens drei sein. Ich kroch hinter den Tresen, schnappte mir meine Waffe und harrte erstmal aus. Gegen die Maschinengewehre war ich mit meiner Waffe chancenlos. Dann hörte das Schießen auf, ein plumpes Klirren war zu hören, und ich riss die Augen auf, als mir bewusst wurde, dass sie eine Granate hineingeworfen hatten. Zeitgleich hörte ich die Motorräder wegrasen. Ein ohrenbetäubender Knall durchbrach die plötzliche Stille. Der Druck der Explosion traf mich wie eine Wand. Ein dumpfes, schmerzhaftes Dröhnen füllte meine Ohren. Ich war nicht sicher, ob ich kurz ohnmächtig geworden war, doch als ich alles um mich herum wieder wahrnahm, richtete ich mich schmerzerfüllt auf. Ein Blick auf Ciro, den toten Barmann und hinterher auf die anderen ließ mich grimmig an Lorenzo denken. *„Mach dir doch nicht immer so viele Gedanken, Raul"*, hatte er gespottet.

Verdammter Mistkerl! Hier lagen sie nun, seine Männer! Irgendwie kam ich zum Auto. Ich hörte die Polizeisirenen und wollte so schnell wie möglich verschwinden. Sehr schnell merkte ich, dass ich nicht in der Lage war zu fahren. Mein Handy funktionierte noch. Ich rief unseren Doc an und bestellte ihn zu mir. Ziemlich schnell kam er, half mir in sein Auto und brachte mich nach Hause. Es dauerte, bis er die Glassplitter aus mir entfernt hatte. Mehr als das und ein paar Prellungen hatte ich nicht abbekommen, aber ich fühlte mich wie ein Wrack. Das Klingeln meines Handys hörte sich komisch an. Liegend griff ich danach. Lorenzo.

# Kapitel 28

*Giulia*

Ich hatte Lorenzo den ganzen Tag nicht gesehen und war froh darüber. Umso erschrockener war ich, als ich ihn auf meinem Weg in den Garten hörte. Es war düster. Er hatte mich vermutlich weder gesehen noch gehört. Ich wollte bereits kehrt machen, als ich ihn Rauls Namen aussprechen hörte. Aber das war nicht das Schlimmste. »Lebt Raul?«, fragte er aufgebracht und ich erstarrte. Weil ich seinen Gesprächspartner nicht hörte, verstand ich, dass er telefonierte.

Mir bleib das Herz stehen. Irgendwas war passiert. Kurz war ich wie erstarrt, doch dann ging ich mit weit aufgerissenen Augen näher heran.

»Findet verdammt nochmal heraus, was passiert ist!«

Ich verstand, dass er auflegte, aber sehr schnell sprach er mit jemand anderem. »Raul, kannst du mich hören?«, hörte ich ihn fragen und sackte vor Erleichterung in mich zusammen. Erst da bemerkte ich, wie sehr ich zitterte. Hastig rannte ich auf Lorenzos Büro zu. Ich schloss die Tür hinter mir und fing hektisch an, die Schränke zu durchsuchen. Endlich fand ich, wonach ich gesucht hatte. Ich schnappte mir die Mappe mit Rauls Namen und schrieb mir die Adresse auf, dann hetzte ich aus dem Raum. Ich musste zu ihm. Ich wusste nicht einmal, ob er zuhause war, aber ich musste es versuchen. Eine Telefonnummer hatte ich nicht gefunden.

Im Flur traf ich auf Lorenzo. Er war außer sich, trotzdem lächelte er mich kurz an. »Wohin so eilig?«

»Ich habe dich gesucht. Ich muss ganz kurz zur Arbeit. Heute ist der Abgabetermin für meine Studie. Es ist sehr wichtig und dauert nur fünf Minuten.«

»Das ist keine gute Idee.« Kopfschüttelnd blickte er mich an.

»Lorenzo, bitte. Du weißt, wie wichtig mir das ist. Es dauert nicht lange.«

Schnaubend sah er zum Eingang. Einer seiner Männer kam unvermittelt auf uns zu. »Fahrt sie zu zweit zum Museum. In einer halben Stunde seid ihr zurück«, befahl er und der Mann nickte.

Mist! Wie sollte das mit den Männern im Schlepptau klappen?!

Unterwegs hörte ich viele Sirenen. Es war etwas passiert und Raul war mittendrin gewesen. Mein Herz raste ununterbrochen. Allein der Gedanke, ihm könne etwas passiert sein, machte mich panisch.

Ich wägte ab, die Männer zu fragen, was passiert war, aber ich vermutete, dass sie mir nicht antworten würden. Trotzdem versuchte ich es.

»Was soll die ganze Polizei und Krankenwagen? Was ist passiert?«

Der Beifahrer sah weiterhin nach vorne, als er mir antwortete. »Es scheint, als hätte jemand mit einer Bombe gespielt.«

Sofort wurde mir schwindelig. Eine Bombe?! »Gab es Tote?«, fragte ich leise.

»So gut wie alle, die vor Ort waren.«

Ich spürte, wie mir die Luft wegblieb. Ich musste mich zusammennehmen, um nicht in Ohnmacht zu fallen, denn mir wurde bereits schwarz vor Augen. Ich versuchte mir einzureden, dass es Raul gut ging und ich ihn gleich sehen würde. Lorenzo hatte scheinbar mit ihm gesprochen. Zumindest hatte er es versucht also wusste er, dass er noch lebte.

Als wir vor dem Museum parkten und ich die Autotür öffnete, spürte ich die Luft und mir wurde etwas besser.

Die Männer begleiteten mich zur Krönung auch noch hinein. Wie ich es schaffen sollte, zu Raul zu kommen, wusste ich nicht. Ohne nachzudenken, ging ich einfach weiter. Ich war nicht fähig, stehen zu bleiben. Ich musste zu ihm.

Vor dem Büro blieb ich stehen und wandte mich ihnen zu. »Ihr könnt hier warten. Ich bin nur kurz im Büro. Bin sofort zurück.«

Kurz sahen sie sich gegenseitig an, dann nickte der Fahrer. »Machen Sie schnell, Signora. Wir müssen gleich zurück.«

»Natürlich.«

Ich schloss die Tür hinter mir. Um diese Zeit war keiner da. Sofort ging ich zum Fenster. Ich hielt mich nicht mit Überlegen auf. Wir waren zum Glück im Erdgeschoss, also kletterte ich problemlos hinaus. Sofort rannte ich los. Ich wusste, wo die Taxis standen. Erst als ich eingestiegen war, wurde mir bewusst, was ich dabei war, zu tun, und bekam Angst. Raul war vermutlich nicht einmal zuhause. Ich wusste nicht, wie es ihm ging, aber er war bestimmt im Krankenhaus. Das wäre meine nächste Station. Es gab leider mehrere, weshalb ich es erstmal bei ihm zuhause versuchen wollte.

Ich gab dem Taxifahrer die Adresse durch und fragte, wie weit es wäre.

»Das sind fünf Minuten«, gab er entspannt zurück.

Als der Fahrer anhielt, bezahlte ich und stieg aus.

Das Wohnviertel war gesäumt von pastellfarbenen Häusern mit abblätternden Fassaden. Überall hingen in rot und violett blühende Geranien von den Balkonen. Die Straße war mit unebenen Steinen gepflastert, die den Charme der Stadt ausmachten. Obwohl die Autofahrer sich ständig darüber beschwerten, fand ich es wunderschön. Kleine Geschäfte wechselten sich ab und der Geruch von Knoblauch und Basilikum wehte mir entgegen.

Erneut blickte ich auf den Zettel. Hausnummer neunundzwanzig. Ich stand direkt davor. Sofort musste ich schlucken. Allein der Gedanke, bei seinem zu Hause zu sein, machte mich ganz aufgeregt. Hier schlief und wohnte er.

# Kapitel 29

*Raul*

Schnaubend blickte ich Richtung Flur, als es klopfte. Der Doc war gegangen. Ich hatte zwar keine ernstzunehmenden Verletzungen erlitten, aber mein ganzer Körper schmerzte aufgrund des Aufpralles. Allein der Gedanke, zur Tür zu gehen, ließ mich kurz erledigt die Augen schließen. Neben dem Sofa starrten mich zwei pechschwarze Hundeaugen an. Es klopfte nochmal. Prustend richtete ich mich auf, schnappte mir die Waffe vom Couchtisch und ging zur Tür. Es war sicher kein Überfall, denn klopfen würden sie nicht, aber ich war immer vorsichtig. Nach heute erst recht.

»Ja«, rief ich, als ich die Tür fast erreichte. Die leise Stimme, die ich dann hörte, ließ mich erstarren. Giulia. Wie zum Teufel kam sie her?!

Eilig öffnete ich die Tür. Wie eine Vision stand sie vor mir. Sie legte die Hand auf ihren Mund und ich erkannte Tränen in ihren Augen. »Gott sei Dank«, presste sie heraus und wollte mir gerade in den Armen fallen, als sie, genau wie ich, das Winseln hinter mir vernahm. Giulias Augen richteten sich zu dem Geräusch und wurden riesig. »Wie kommt der Hund her?«, fragte sie schockiert und ging an mir vorbei nach drin. Sofort sprang Black sie an. Ich hatte ihn Black getauft. Ihn ständig Hund zu nennen, kam mir irgendwann unpassend vor. Die Freude war von beiden

Seiten enorm. »Wie?«, fragte sie erneut, ihre Augen immer noch vor Überraschung aufgerissen.

»Was tust du hier, Giulia?«

Sie streichelte immer noch den auf dem Rücken liegenden Streuner. »Giulia? Wie kommst du her?«

Dann stand sie auf und sah abwechselnd mich und den Hund an. » Ich … ich habe mir Sorgen gemacht. Ich musste herkommen. Erklärst du mir, wie der Hund herkommt?«

»Ich habe ihn einfliegen lassen. Was denkt Lorenzo, wo du bist?«

Ihre Augenbrauen berührten fast ihren Haaransatz. »Du hast ihn einfliegen lassen?«

Ungeduldig packte ich ihren Ellenbogen. »Wie zum Teufel kommst du her?!«

Sie sah mein Gesicht an und erkannte die Schnittwunden. Sanft hob sie ihre Hand an meine Wange. »Gott, Raul. Du hättest sterben können. Als ich von Lorenzo davon hörte, musste ich einfach kommen. Ich musste dich sehen.«

Ihre Hand an meiner Wange ließ eine Gänsehaut über meinen Körper wandern. Kurz benebelten die Empfindungen meinen Kopf. Schnell riss ich mich zusammen, ließ sie los und ging zum Sofa. »Mir geht es gut.«

»Dir geht es gut? Du siehst aus, als hätte sich ein Monsterkater an dir zu schaffen gemacht.«

»Giulia, jetzt sag mir endlich, wie du herkommst.«

Schnaubend kam sie ein paar Schritte in meine Richtung. »Ich sagte, ich müsse kurz zur Arbeit. Die Männer sind mit mir rein. Vor dem Büro ließ ich sie stehen und bin durchs Fenster gestiegen.«

Unvermittelt schoss ich hoch. »Du hast was?! Bist du jetzt völlig übergeschnappt?«

Ihr Blick war auf mich gerichtet. Langsamen Schrittes kam sie auf mich zu. »Ich habe mir Sorgen gemacht. Es war mir egal, wie ich herkomme.«

Zum zweiten Mal hörte ich sie diesen Satz sagen. Es ging mir einfach nicht in den Kopf, dass sich jemand um mich sorgen könnte. »Mir passiert nichts. Du solltest dich lieber um dich ...« Ihre Hände, die plötzlich auf meiner Brust lagen, unterbrachen mich. Mein Blick glitt nach unten. Sie wanderten nach oben zu meinen Schultern. Als sie ihre Finger hinter meinem Nacken kreuzte, war sie mir so nahe, dass ihre Brüste gegen meinen Oberkörper drückten. Sofort starrte sie auf meine Lippen. Ich musste all meine Willenskraft aufbringen, um sie nicht direkt zu küssen. »Giulia, hör auf«, hauchte ich. »Das dürfen wir nicht.«

»Ich dachte, du wärst tot«, sagte sie, als würde das alles ändern.

»Bin ich aber nicht.«

Ihr Blick fuhr nach unten. Augenblicklich spürte ich, dass sie wirklich große Angst um mich gehabt hatte. Das brachte mich so durcheinander, dass ich einen Blackout erlitt. Erst ihre Stimme riss mich zurück in die Gegenwart.

»Raul, ich empfinde etwas für dich. Ich ...«

»Nein. Sag das nicht.« Kopfschüttelnd löste ich mich von ihr. Wut kam in mir auf. Wut darüber, dass ich sie nicht haben konnte. Sie stand hier und sagte, sie hätte Gefühle für mich und alles, was ich tun konnte, war, sie zu Lorenzo zurückzuschicken. Niemals wäre es uns möglich, zusammen zu sein. Niemals!

»Giulia, hör zu. Du verstehst nicht, wie mächtig Lorenzo ist. So etwas würde er niemals zulassen. Bis ans Ende der Welt würde er uns jagen und er würde uns töten. Ich habe dir nichts zu bieten. Alles, was ich dir bieten könnte, wäre ein Leben auf der Flucht.« Die Art, wie sie auf mich zukam, ließ mich erraten, dass sie es in Kauf nehmen würde. »Giulia, nein. Das tue ich dir nicht an, zumal ich davon ausgehe, dass man uns früher oder später finden würde. Ich werde dein Leben nicht aufs Spiel setzen!«

»Nicht einmal, wenn ich es will?«

Aufgebracht ging ich auf sie zu und nahm ihr Gesicht zwischen meine Hände. »Du weißt nicht, was du willst. Vor ein paar Tagen wolltest du nach Mailand. Schon vergessen? Noch dazu hast du keine Ahnung, was es bedeutet, mit einer Zielscheibe auf dem Rücken zu flüchten!«

Unvermittelt zog sie die Stirn kraus. »Hatten wir das nicht gerade erst?«

Augenverdrehend ließ ich sie los und wandte mich um, damit sie das amüsierte Lächeln, das mir ihre Worte ins Gesicht gezaubert hatten, nicht sah.

Ich hörte sie auf mich zukommen. Von hinten legte sie ihre Arme um mich. Unvermittelt schloss ich die Augen. An einigen Stellen schmerzte mich ihre Berührung, aber um Nichts in der Welt hätte ich mich gelöst.

Sie legte ihren Kopf an meinen Rücken. Kurz verharrte sie so, dann hob sie mein Tshirt an und fing an, federleichte Küsse auf meinem Rücken zu verteilen. Als sie das Shirt ganz hochzog und sah, wie verletzt ich war, erstarrte sie kurz. Dann drehte ich mich zu ihr und sah, dass sie wieder Tränen in den Augen hatte.

»Hey«, hauchte ich ihr zu.

»Zieh es aus.«

»Giulia …«

»Zieh es bitte aus.«

Schnaubend griff ich nach dem Saumen und zog es mir über den Kopf. Erschüttert sog sie die Luft ein. Sie blickte auf die Schnittwunden und die Prellungen.

»Sagst du mir bitte, was genau passiert ist?«, bat sie mit zitternder Stimme.

»Man hat einen Hinterhalt in unserer Bar auf uns geplant. Zuerst schossen sie mit Maschinengewehren auf uns, dann warfen sie eine Granate hinterher.« Ihre Hand schoss zu ihrem Mund. Als sie blinzelte, liefen Tränen über ihr Gesicht. »Es sieht schlimmer aus als es ist«, versuchte ich sie zu beruhigen, aber sie schüttelte nur aufgewühlt den Kopf.

# Kapitel 30



Als er vor mir stand, mit seinen ganzen Verletzungen, hatte ich erneut das Gefühl, mir würde die Luft fehlen. Er hätte heute sterben können. Allein die Vorstellung, brachte mich so zur Verzweiflung, dass ich wusste, ich liebte diesen Mann.

Die Tränen wollten einfach nicht versiegen. Obwohl er vor mir stand, wollte die Angst nicht schwinden.

Unvermittelt nahm er mein Gesicht und küsste mich. Einfach so. Völlig unerwartet. Wieder einmal fühlte es sich wie eine Explosion an. Ganz anders als bei dem Kuss, den ich von Lorenzo bekommen hatte. Ich legte meine Hände um seinen Nacken und zog ihn noch enger an mich. Ich ahnte, dass er mich nur küssen wollte, um mich zu beruhigen. Mein Gefühl sagte mir aber auch, dass er sich jetzt nicht mehr lösen wollte. Schlagartig wurde unser Kuss intensiver. Immer verzweifelter klammerten wir uns aneinander. Auch wenn er es nicht zugeben würde, wusste ich, dass er selbst auch Gefühle für mich hatte.

Dann dirigierte er mich in sein Schlafzimmer. Aufgeregt vergaß ich alles um mich herum. Bereits auf dem Weg fing er an, mich auszuziehen. Trotz seiner Schrammen im Gesicht war er wunderschön wie immer. Mich küssend, drückte er mich hinunter aufs Bett. Seine Lippen wanderten zu meinen Brüsten und saugten daran. Seine Hände und seinen Mund auf meinen Körper zu spüren, war mit keinem Gefühl der Welt vergleichbar. Jede Berührung erfüllte mich mit einer elektrisierenden Spannung, die mein Körper zum Prickeln brachte. Als er tiefer hinabsank und meine Mitte fand, fühlte ich mich, als würde ich schweben. Alles wurde unwirklich. Die Mischung aus Hingabe und Leidenschaft war atemberaubend. Seine weichen Lippen und seine Zunge beförderten mich auf eine Wolke. Es dauerte nicht lange, bis sich alles in mir anspannte. Als der Höhepunkt mich erreichte, verschwand alles vor meinen Augen. Es fühlte sich wie Fallen an, wobei ich wusste, dass er mich auffangen würde.

Ich war noch nicht ganz wieder bei mir, als ich sah, dass er sich zum Nachttisch streckte und etwas aus der Schublade herausholte. Erst als er es öffnete, erkannte ich, dass es sich um ein Kondom handelte. Die Vorstellung, er würde seine Erektion dieses Mal nicht herausziehen müssen, bevor er kam, machte das Ganze noch ein ganzes Stück aufregender. Dann küsste er mich wieder. Obwohl es vertrauter werden sollte, war es jedes Mal wie beim ersten Mal. Einfach nur Gänsehaut.

Er legte seine Hände an meine Wangen, während er langsam in mich eindrang.

»Gott bist du eng.« Seine Stimme kam wie ein wohliges Knurren aus ihm heraus. Wieder einmal reichte dies aus, um mich erneut zum Brennen zu bringen. Immer weiter drang er in mich hinein. Er dehnte mich auf eine Weise, die mir den Atem raubte. Dann sah er mich an und das gab mir den Rest. Meine Lippen teilten sich, und ein Stöhnen entfuhr mir, als er begann, sich zu bewegen. Wie von selbst passte sich mein Körper seinen Bewegungen an. Dann wurde er schneller. Es hatte sich noch nie so unglaublich angefühlt, und ich sah ihm an, dass es für ihn genauso war.

Immer wieder küsste er mich. Obwohl er stets wilder wurde, fühlte es sich einfach nur nach Liebe an.

»Ich will dich so sehr«, hauchte er an meinem Mund, und das war das Schönste, was er je zu mir gesagt hatte. Das erste Zugeständnis von ihm. Genau wie ich näherte er sich dem Höhepunkt. Zum ersten Mal würde er dabei bei mir bleiben. Wieder blickte er mich an und ich ahnte, dass er dasselbe dachte. Ich konnte mich nicht mehr zurückhalten, als ich spürte, wie sehr er es genoss. Als ich kam, schrie ich seinen Namen. Kurz darauf folgte er mir. Er wurde langsamer, bewegte sich aber immer noch in mir. So, als wolle er das Gefühl meiner Kontraktionen, die ihn melkten, auskosten. Seine angestrengte Atmung erinnerte mich daran, dass er verletzt war.

»Geht es dir gut?«, fragte ich besorgt und er lehnte lachend seine Stirn an meine.

»Es ging mir noch nie besser. Kommst du aber das nächste Mal wieder so schnell, dann …« Abrupt hielt er inne. Erst nachdem er es sagte, wurde ihm wieder bewusst, dass es kein nächstes Mal geben würde.

Da er scheinbar nicht wusste, was er sagen sollte, nahm ich es ihm ab. »Ich weiß. Keine Sorge.«

Die Stimmung war dahin. Kurz darauf zogen wir uns an. Das Klopfen an der Tür unterbrach uns. Sofort blickten wir uns an. Raul gab mir Zeichen, leise zu sein, zog nach seiner Hose, sein Tshirt über, nahm eine Waffe von unter dem Bett und ging. Die Schlafzimmertür schloss er hinter sich.

Meine Augen wurden riesig, als ich Lorenzos Stimme erkannte. Es war zu leise, als dass ich alles verstehen konnte, aber allein zu wissen, dass er hier war, ließ mein Herz dermaßen rasen, dass ich dachte, ich würde jeden Moment sterben.

Fünf Minuten später kam Raul ernst zurück.

»Er sucht nach dir und möchte, dass ich dabei helfe.«

»Wie schlimm ist es?«

»Was denkst du denn?«

Traurig setzte ich mich zurück auf die Bettkante. Ich wollte es verhindern, aber die Tränen kamen wie von selbst. Sofort schritt er zu mir.

»Es tut mir leid. Ich wollte nicht so hart klingen.«

»Es liegt nicht an dir. Ich weiß selbst nicht, warum ich weine, aber eins weiß ich: Ich will nicht zu ihm zurück. Ich habe gestern versucht, mit ihm zu reden, und du hattest recht. Er wird mich nicht gehen lassen. Er sagt, ich würde kalte Füße bekommen.«

Raul setzte sich ebenfalls. »Hör zu. Ich sage dir, wie es ist. Ich möchte selbst nicht, dass du zu Lorenzo zurück gehst.«

Überrascht riss ich die Augen auf. Mit seinem Finger gab er mir Zeichen, abzuwarten. »Ich möchte es nicht, aber ich weiß nicht, wie ich es verhindern soll. Du darfst Lorenzo nicht unterschätzen. Er ist es gewohnt, alles zu bekommen, was er sich wünscht. Solltest du ihn ablehnen, wird er dich noch mehr wollen. Er würde nicht aufhören, nach dir zu suchen. Der einzige Weg, um von ihm loszukommen, und das gilt für jeden, führt über zwei Wege: entweder er erlaubt es, und das wird er nicht oder er stirbt.«

»Nein!« Entsetzt stand ich auf. »Dem werde ich niemals zustimmen. Ich liebe ihn nicht mehr, aber ich wünsche ihm nicht den Tod!«

»Dachte ich mir.«

»Wie kannst du so etwas nur in Betracht ziehen?!«

»Tu ich nicht. Deine Antwort darauf kannte ich bereits. Ich wollte nur, dass du verstehst, weshalb ich dich zurückbringen muss.«

Aufgebracht ging ich im Zimmer umher. »Ich könnte doch einfach …«

»Du kannst nichts tun«, unterbrach er mich und kam zu mir. Liebevoll strich er über meine Arme. »Er hat Hacker, er hat Polizisten und eine ganze Menge Geld und Macht noch dazu. Du würdest niemals aus der Stadt kommen. Er hat bereits alles abgeriegelt.«

Schockiert fuhr ich mir mit den Händen über das Gesicht. »Soll das heißen, ich muss zurück und komme da nicht mehr weg?«

»Gib mir ein bisschen Zeit. Ich überlege mir etwas, okay?«

Als er mich in den Arm nahm, wünschte ich mir nur eins: die Zeit anzuhalten.

# Kapitel 31

*Raul*

Wir liefen ein Stück bis zu der Stelle, an der ich mein Auto geparkt hatte, bevor ich in die Explosion verwickelt worden war.

Als wir im Wagen saßen, blickte ich sie an. »Am besten sagst du, du hättest Zeit zum Nachdenken gebraucht. Du warst nervös und hast nicht nachgedacht. Du solltest ihm verständlich machen, dass du dich wieder gefangen hast und dass es dir leidtut.« Schnaubend sah sie aus dem Fenster. »Hey! Es ist das Beste im Moment, aber es ist nicht für immer.«

»Versprich nichts, was du nicht halten kannst oder möchtest.«

Frustriert packte ich ihr Kinn und drehte ihr Gesicht zu mir. »Vielleicht habe ich mich nicht verständlich genug ausgedrückt. Das mit dir ist nicht nur eine Bettgeschichte für mich.«

Überrascht sah sie mich an. »Meinst du damit, dass du Gefühle für mich hast?«

»Sowas in der Art, ja.«

Es war mehr als sowas in der Art. Obwohl ich ahnte, was sie hören wollte, konnte ich es einfach nicht aussprechen.

»Ich werde alles tun, was mir möglich ist, damit du da wegkommst. Aber du musst mir Zeit geben.«

»Okay«, hauchte sie.

Dann ließ ich sie los und blickte nach vorne. »Dich auf offener Straße zu küssen wäre zu gefährlich, aber ich hätte es jetzt getan, wenn es anders wäre.«

Als ich mich ihr wieder zuwandte, lächelte sie.

Wir fuhren nicht lange, bis wir bei Lorenzo ankamen. Die Männer ließen mich sofort passieren. Gemeinsam stiegen wir aus und gingen auf das Büro zu. Jeder einzelne Mann, dem wir begegneten, starrte sie an. Alle wussten, dass man sie suchte.

Vor der Tür angekommen, klopfte ich an, dann gingen wir hinein. Unvermittelt sprang Lorenzo hoch.

»Sie war bereits auf dem Weg zurück, als ich sie fand«, sagte ich gleich, um ihn milde zu stimmen.

»Wo zum Teufel warst du?«, fuhr er sie an.

Ein Blick auf sie reichte mir, um zu erkennen, dass sie sich nicht an den Plan halten würde.

»Ich wusste nicht, dass ich deine Gefangene bin.«

*Gott, Giulia!*

Außer sich vor Wut ging Lorenzo auf sie zu.

»Ich habe dich gefragt, wo zum Teufel du warst!«

»Ist doch egal, oder? Ich bin doch zurück.«

Seine Ohrfeige traf sie so schnell, dass ich sie gar nicht hatte kommen sehen. Giulia stolperte von dem harten Schlag zur Seite. Fast wäre sie gefallen und ich war sofort am Kochen.

Schützend stellte ich mich vor sie.

»Lorenzo, beruhige dich. Sie ist doch zurückgekommen.«

»Geh mir aus dem Weg«, knurrte er.

»Enzo, komm runter. Das ist deine Frau.«

Ungläubig starrte er mich an. Ich wusste, mich zwischen sie zu stellen war nicht klug gewesen, aber ich konnte nicht anders. Würde er sie nochmal schlagen, wusste ich zudem nicht, wie ich reagieren würde.

Ich hörte, wie Giulia hinter mir weinte. Mein Blut kochte dermaßen, dass ich beinah auf Lorenzo losgegangen wäre. Giulia rettete die Situation, indem sie wegrannte.

»Wie kannst du es wagen, dich in meine Angelegenheiten einzumischen«, raunte Lorenzo mir zu.

»Ich dachte, du schätzt meinen Rat.«

»Wenn es um meine Beziehung geht, brauche ich keinen Rat!«

»Wie du willst. Ich wollte nur verhindern, dass du etwas tust, was du später bereust.«

Sobald ich das gesagt hatte, ging ich. Mein Beschützerinstinkt Giulia gegenüber wollte meine Füße nach oben zu ihr führen. Ich wollte sie holen und mitnehmen, aber die Vernunft siegte. Wutentbrannt verließ ich das Haus und machte mich auf den Weg zum Wagen.

Zuhause angekommen wurde ich unvermittelt von Black empfangen. Er sprang regelrecht auf mich zu.

»Jetzt nicht«, fuhr ich ihn an. Aufgebracht ging ich ins Schlafzimmer und sah mich um. Gerade eben war sie noch hier gewesen. Ich konnte sie immer noch hier riechen. Die Tatsache, dass ich sie zu ihm hatte zurückbringen müssen, ließ mich innerlich Amok laufen. Wutentbrannt schlug ich meine Faust gegen den Schrank. Und zwar so stark, dass ich ein Loch in die Tür bohrte.

# Kapitel 32



Mein Kinn reibend saß ich nachdenklich am Schreibtisch. Langsam verebbte die Wut. Was danach kam, war beinahe schlimmer. Misstrauen.

Ich kannte Raul seit Jahren. Noch nie hatte ich erlebt, dass er sich schützend vor jemanden und schon gar nicht mir in den Weg stellte. Die beiden hatten viel Zeit miteinander verbracht. Hatten sie sich etwa angefreundet?

Das war absurd! Raul pflegte keine Freundschaften. Alles, was er konnte, war töten. Noch nie hatte er einen Gedanken an jemanden verschwendet oder ein Gewissen gezeigt. Genau aus diesem Grund war er bei mir. Aber er war eben auch ein Mann. War es möglich, dass er sich in sie verguckt hatte?

Desorientiert schüttelte ich den Kopf. Niemals! Raul und Gefühle … das passte nicht zusammen. Und doch hatte er sich nicht nur wie ein Felsen vor sie gestellt, er war noch dazu wütend auf mich gewesen. Das hatte ich gesehen! Die Wut auf Giulia hatte mich zuerst geblendet, aber jetzt sah ich die ganze Situation so klar vor mir, dass sie immer weniger Sinn ergab.

Augenblicklich schnappte ich mir das Handy und rief Giulio, meinen besten Hacker, an.

»Ich möchte, dass du ein Auge auf Raul hast. Zapf alle Kameras der Stadt an, wenn nötig. Ich war vor einer Stunde bei ihm. Danach ist er raus. Verfolge seine Spur und sag mir, wo er Giulia gefunden hat und wo er jetzt ist. Ich möchte alles wissen, was er tut.«

»Natürlich Don Lorenzo. Ich mache mich sofort an die Arbeit.«

Grimmig legte ich das Telefon weg und stand auf. Niemals hätte ich gedacht, dass ich eines Tages an Raul zweifeln würde. Vermutlich täuschte ich mich. Alles andere wäre verrückt. Trotzdem wollte ich der Sache nachgehen.

Das Klingeln meines Handys riss mich aus meinen Gedanken. Zurück am Schreibtisch blickte ich darauf. Es war Luana.

»Hey, bella!«

»Ich habe dich vermisst, Lorenzo. Hast du Zeit?«

»Nach zwei Tagen vermisst du mich schon?«, fragte ich lächelnd.

»Weißt du doch.«

»Ja, ich habe Zeit. Ich bin gleich bei dir.«

Ein bisschen Zerstreuung war genau das, was ich brauchte. Luana war die Richtige, um mich wieder auf den Teppich zu holen. Seit einem halben Jahr traf ich sie. Giulia würde meine Frau werden und es war großartig, dass sie noch Jungfrau war, aber ich war ein Mann. Ich brauchte meinen Sex und Luana gab mir jede Menge davon.

Mein Fahrer hielt vor einem Blumenladen. Mittlerweile wusste er, welche Blumen Luana bevorzugte. Ich kam nie mit leeren Händen. Hin und wieder war es Schmuck, aber heute würden es die Blumen tun müssen.

Erst am Morgen fuhr ich nach Hause. Ich hatte nicht angenommen, dass ich so lange bleiben würde, aber es war eine ziemlich heiße Nacht geworden und es hatte sich definitiv gelohnt. Auf dem Weg klingelte mein Handy. Ein Blick darauf verriet mir, dass es Giulio war.

»Was gibt es?«

»Don Lorenzo, ich habe etwas gefunden und wollte Sie sofort informieren.«

»Worum geht es?«

Als ich die nächsten Worte hörte, griff ich nach vorne zu dem Fahrer und gab ihm Zeichen, sich zu beeilen.

»In meinem Büro. Sofort!«, bellte ich ins Telefon.

Zwei Stufen auf einmal nehmend, hastete ich ins Haus. Giulio war bereits angekommen und wartete vor der Tür zum Büro. Ich zog sie auf und er folgte mir hinein. Unter dem Arm trug er seinen Laptop. Er stellte ihn auf dem Schreibtisch ab, gab einen Code ein und sofort zeigte er mir die Bilder, von denen er am Telefon erzählt hatte.

»Sie sagten, Sie wären bei Raul gewesen. Da bin ich gestartet. Ich habe mich in dem Überwachungssystem des Ladens an der Ecke gehackt und habe ihre Dateien gestohlen. Man kann Rauls Tür erkennen. Sehen Sie? Hier. Das ist Ihre Frau. Sie geht zu ihm.« Ungläubig starrte ich auf den Bildschirm. »Wenn ich vorspule … da, da kommen Sie an. Ihre Frau war bei Raul, als Sie dort waren, denn … sehen Sie? Da kommen beide heraus.«

Wutentbrannt schleuderte ich die Lampe, die auf meinem Schreibtisch gestanden hatte, zu Boden. Giorgio hetzte herein.

»Raul soll kommen! Sofort! Sag ihm, es geht um Armando. Ich will ihn in den Kerker haben! Lasst euch etwas einfallen!«

Verwirrt zog Giorgio die Stirn kraus.

»Sofort habe ich gesagt!« Kurz sah er mich noch an. Dann ging er.

Eine halbe Stunde später trat ich in dem Kerker. Es hatte sechs Männer benötigt, um Raul unschädlich zu machen und zu fixieren. Wie wild zog er an den Ketten, als er mich sah.

»Was zum Teufel soll das?!«, fragte er an mich gerichtet.

Wortlos ging ich näher heran. Obwohl ich die Kontrolle wahren wollte, konnte ich nicht. Meine Faust sauste sofort auf sein Kinn.

Raul spuckte das Blut, das sich in seinem Mund gesammelt hatte, aus. Dann sah er mich an. »Wieso machst du mich nicht los, damit es fairer wird.«

Ich ging so nah heran, dass ich die goldenen Sprenkel in seiner grünen Iris sehen konnte. »Ich habe dir so vieles durchgehen lassen. Dein Temperament habe ich geduldet, weil du wie der Teufel für mich getötet hast und es irgendwie zu dir gehörte, aber dass du dich an meine Frau ranmachst … Das wird dein Ende sein.«

Lachend sah er mich an. »Hast du den Verstand verloren?«

»Wo genau hast du meine Frau gefunden?«

»Sie ist zu mir gekommen.«

Überrascht darüber, dass er es zugab, blickte ich ihn an.

»Und wieso war sie bei dir?«

»Weil ich ihren Hund habe!«

*Wovon zum Teufel sprach er?!*

# Kapitel 33

*Raul*

Lorenzos Verwirrtheit nutzte ich aus, um ihn zu überzeugen.

»Ich habe den Hund aus Marokko. Sie hat sich mit ihm dort angefreundet. Sie war traurig und wollte ihn besuchen. Woher sie meine Adresse hatte, weiß ich nicht. Ich dachte, du wüsstest, dass sie da wäre. Als es klopfte, geriet sie in Panik, denn schlauerweise ahnte sie, dass du den Grund, weshalb sie bei mir war, nicht glauben würdest. Verständlich. Aus demselben Grund habe ich auch nichts gesagt. Sie stand neben sich. Wollte nichts weiter als ein bisschen Bedenkzeit. Schnell ist ihr klar geworden, dass sie dich liebt und zurück möchte. Ich habe sie lediglich gefahren.«

»Meine Frau bedeutet dir also nichts?«

Schnaubend blickte ich ihn an. »Ich wiederhole mich nur ungern aber … Ist das dein Ernst?«

»Na schön«, sagte er plötzlich, dann drehte er sich um. »Holt meine Frau her.«

*Fuck!*

»Lorenzo, was soll der Scheiß? Hast du es mit dem Koks übertrieben?«

Wieder sah er mich an.

»Vielleicht. Das werden wir gleich herausfinden.«

*Verdammte Scheiße!*

In meinem Kopf bildete sich ein Chaos. Bilder des Schreckens liefen in mir ab. Es war mir egal, was er mit mir anstellte, aber allein der Gedanke, er könne Giulia etwas antun, ließ mich innerlich Amok laufen.

Um ihn zu überzeugen, musste ich die Ruhe bewahren. Aber ich wusste, würde er sie verletzen, dann würde ich durchdrehen. All meine Hoffnungen ruhten darauf, dass er Gefühle für sie hatte und ihr nicht weh tun würde. Dass er nur bluffte.

Kurz darauf kam Giulia herein. Giorgio begleitete sie. Als sie mich angekettet sah, riss sie die Augen auf.

»Was geht hier vor?«, fragte sie an Lorenzo gerichtet.

»Komm näher, mein Schatz. Ich hatte gerade eine Unterhaltung mit Raul. Und zwar ging es um deinen kleinen Ausflug heute.«

Ihr Blick fuhr sofort wieder zu mir, aber nur ganz kurz. Sie wusste natürlich nicht, was ich mir für Lorenzo ausgedacht hatte. Niemals würde sie dieselbe Version erzählen!

»Was ist hier los?!«, fragte sie erneut. Als sie Lorenzo entsetzt anblickte, näherte er sich ihr.

»Wo genau warst du heute Abend? Und bedenke, für jede falsche Antwort bekommt Raul eine verpasst.«

Schockiert riss sie die Augen auf.

»Spinnst du?!«

Lorenzo sah zu einem der Männer. Seinen Namen kannte ich nicht. Er war neu dazu gekommen, als ich weg war. Er war breit gebaut. Sein neuer Gorilla.

Sofort kam der auf mich zu und stellte sich vor mich hin. Mit all seiner Kraft boxte er mir in den Magen.

*Heilige Scheiße!*

Obwohl mich der Schlag kurz lähmte, bekam ich immer noch Giulias Keuchen mit.

»Lorenzo was soll das?!«, schrie sie.

An ihrem Arm zog er sie näher an mich heran. Dann schnappte er sich meine Haare und zog meinen Kopf nach hinten. »Sieh ihn dir an. Weißt du, was ich mit seinem hübschen Gesicht machen werde, wenn er dich angerührt hat?«

Mit weit aufgerissenen Augen blickte sie ihn an. »Bist du jetzt völlig übergeschnappt?!«

»Sag du es mir.«

Ich erkannte die Verzweiflung in ihrem Gesicht, als sie sich ihm zuwandte. »Lorenzo, ich liebe dich! Wie kommst du nur auf die Idee, ich würde einen anderen Mann auch nur ansehen? Noch dazu diesen Killer? Du weißt, wie sehr ich ihn verabscheue!«

Obwohl ich wusste, was sie versuchte … das tat weh!

Lorenzo ließ meinen Kopf los und wandte sich zu ihr. »Du liebst mich also? Und er ist nichts für dich?«

»Natürlich nicht! Ich liebe nur dich!«

Grinsend rieb er sich das Kinn. Dann ging er ganz nah an sie heran und sah zu den Männern. »Lasst uns drei allein.«

*Was zum Teufel hatte er jetzt vor?*

Als alle den Kerker verlassen hatten, ging er hinter sie, legte den Arm um ihre Taille und zog sie dicht an sich. »Du könntest mir beweisen, was du sagst«, schlug er vor. Als er anfing, ihren Hals zu küssen, wusste ich, er testete uns beide.

Anderthalb Meter von mir entfernt griff seine Hand nach ihrer Brust. Ein Blick in Giulias Augen ließ mich die Panik darin erkennen. Ich versuchte meinen Gesichtsausdruck neutral zu halten. Unser Leben hing davon ab. Aber es war so verdammt schwer!

»Zeig mir, dass du mich liebst und dass er dir egal ist«, hauchte er ihr ins Ohr.

Kurz schloss sie die Augen. Als sie sie öffnete, erkannte ich die Entschlossenheit darin.

»Ich werde dir beweisen, was du willst, aber du wirst wohl kaum erwarten, dass ich es vor diesem Mann tue.«

»Doch, genau das erwarte ich. Wenn er dir egal ist, wie du sagst, und du mich liebst, ignoriere ihn einfach. Ich möchte, dass du mich hier vor ihm überzeugst.«

Dass Giulia sich unwohl dabei fühlte, wäre in beiden Fällen verständlich gewesen. Schlagartig wurde mir bewusst, dass er vor allem meine Reaktion sehen wollte.

Entschlossen drehte sie sich zu ihm. Ihre Hände hinter seinem Nacken zogen ihn heran. Dann küsste sie ihn. Sie küsste ihn nicht einfach nur so. Die Leidenschaft, die in diesem Kuss steckte, hätte fast mich selbst überzeugt. Ein Feuer entbrannte in meinen Adern. Mein Blut kochte so sehr, dass ich mir nur eines wünschte: Eine Hand frei. Nur eine einzige Hand und ich würde ihn zerstören! Ob sie es wollte oder nicht, ich würde diesen Mann töten!

Nach wie vor versuchte ich, meinen Gesichtsausdruck kalt aussehen zu lassen. Allein das kostete mich meine gesamte Energie. Als er den Kuss noch intensivierte und seine Hand an ihren Hintern legte und zupackte, musste ich das Knurren aus meinem Hals zurückdrängen.

Lorenzo entfuhr ein Laut des Genusses. Er nahm ihr Gesicht und blickte sie erfreut an. Dann ging er wieder hinter sie, zog sie an sich und sah mich dabei an. »Ich glaube, ich nehme dich doch mit in mein Schlafzimmer.« Nicht ein einziges Mal sah er von mir weg, als er sprach. Sein Grinsen machte mich wahnsinnig. Die Vorstellung, er würde sie mitnehmen, noch mehr. Seine Hand fuhr hinunter zu ihrem Bauch. »Ich möchte deinen hübschen Körper erkunden. Ihn schmecken. Ich verspreche dir, du wirst mich anflehen, nicht mehr aufzuhören. Schenkst du mir diesen Beweis, Amore?«

Mein Körper war bis zum Äußersten angespannt. Durch den Augenwinkel erkannte ich, dass Giulia mich nicht anblickte. Sie drehte ihren Kopf leicht zur Seite, als sie antwortete.

»Lass uns nach oben gehen.«

Lorenzos Grinsen wurde noch breiter. Augenblicklich ließ er sie los. »Geh schon mal vor. Ich komme gleich.«

Ich wusste, dass sie mich anblickte, bevor sie ging, aber ich erwiderte ihren Blick nicht. Genau wie Lorenzo sah auch ich nur ihn an.

Sobald sie weg war, kam er näher heran. »Giulia ist meine Frau! Ich weiß genau, dass du sie begehrst. Aber du wirst sie niemals bekommen.« Dann nahm er mein Kinn. »Ich werde sie richtig durchficken! Was hältst du davon, hmm?«

Um glaubhaft zu wirken, hätte ich sagen sollen, er solle es doch tun. Es wäre mir egal. Ich hätte lachen sollen. Aber ich konnte nicht. Mein ganzer Wille reichte dazu nicht. Wortlos blickte ich ihn an. Ich wusste, wie falsch das war, konnte aber nichts dagegen tun. Die Wörter, die rauswollten, schaffte ich zumindest, zurückzudrängen.

»Nun gut. Mein neuer Mann wird dir in der Zwischenzeit ein wenig Gesellschaft leisten.«

# Kapitel 34

*Giulia*

Meine Nerven waren zum Zerreißen angespannt. Außer mir lief ich im Zimmer auf und ab. Raul angekettet zu sehen, war schlimmer als alles, was Lorenzo jemals mit mir tun könnte. Allein der Gedanke, sie würden ihm weh tun, trieb mir die Tränen in den Augen, aber ich musste mich zusammenreißen.

Als er ins Zimmer kam, sah ich ihn entsetzt an. »Was sollte das? Bist du nicht mehr bei Trost?«

Wortlos kam er auf mich zu. Er war wütend. »Wieso warst du bei Raul?«

Erschrocken riss ich die Augen auf.

*Woher zum Teufel …*

»Deswegen flippst du so aus?! Denkst du etwa, ich hätte was mit ihm?«

»Ich habe dich etwas gefragt.«

Schnaubend ging ich durchs Zimmer. »Ich weiß nicht, was mich geritten hat. Sicher nicht das, was du denkst!«

*Wie konnte er es wissen? Hatte Raul es verraten? Nein, sicher nicht!*

Aus Verzweiflung ging ich zu ihm. Denn sollte er tatsächlich glauben, Raul und ich wären uns nähergekommen, würde er ihn töten. Ich musste ihn unbedingt vom Gegenteil überzeugen. Noch dazu durfte ich mich ihm nicht hingeben. Er hätte jetzt besonders auf meine Jungfräulichkeit geachtet.

Entschlossen nahm ich sein Gesicht zwischen meine Hände und blickte ihn an.

»Schatz, ich würde dich niemals betrügen. Schon gar nicht mit so einem Menschen. Er ist nichts weiter als ein kaltblütiger Killer, und es widert mich an. Das weißt du. Ich war bei ihm, ja, aber nur, weil ich am Durchdrehen war. Ich hatte Zweifel wegen der Hochzeit. Du weißt, wieso das so ist. Mit wem sollte ich sonst darüber reden? Mit meinen Arbeitskollegen? Ich hatte Fragen und hatte gehofft, er könnte sie mir beantworten. Du kennst ihn. Viel kam dabei nicht heraus. Stattdessen hat er mich zurückgefahren.«

Nickend ging er durch den Raum. »Das ist schon die zweite Version, die ich heute zu hören bekomme. Raul meinte nämlich, du wärst wegen des Hundes dort gewesen.« Unvermittelt blickte er mich wieder an.

*Wegen dem Hund?! Gott, Raul!*

»Es stimmt, ich habe den Hund besucht. Deswegen war ich aber nicht dort. Ich habe es ihn lediglich glauben lassen.« Erneut ging ich auf ihn zu und nahm sein Gesicht. »Schatz, du weißt, dass ich dich liebe. Ich habe kalte Füße bekommen und bin durchgedreht. Genau, wie du es gesagt hast. Das war alles. Weder habe ich noch hat er Interesse an mir. Und schon gar nicht lief da etwas. Denn wie du außerdem weißt, bin ich noch Jungfrau.«

»Du hast Recht. In deinem Fall lässt es sich tatsächlich leicht herausfinden.«

Lorenzo löste sich von mir, ging zur Tür und rief nach Giorgio. Das war der Mann, der mich vorher in den Kerker brachte.

*Was hatte er vor?*

Als der Mann eintrat, sah Lorenzo ihn an. »Bring meine Frau zu einem Gynäkologen. Ich möchte ihre Jungfräuligkeit schriftlich bestätigt bekommen.«

*WTF!*

Ein hysterisches Lachen entfuhr mir. »Ist das dein Ernst?!«

»Ja, es ist mein Ernst!«

Mit der Hand zeigte er zur Tür.

»Jetzt gleich?!«

Eine Antwort bekam ich nicht. Als er sich zu mir drehte und die Hände in die Hüften stemmte, wusste ich, dass es ja heißen sollte. Ungläubig ging ich mit Giorgio durch die Tür. Aus dieser Geschichte kam ich nicht mehr heraus.

Wir stiegen in einen der Wagen. Giorgio suchte per Sprachfunktion nach einem Frauenarzt. Ich schwitzte mittlerweile dermaßen, dass ich meine Hände unauffällig an der Hose abwischte. Sechs Minuten Fahrtzeit wurden vom Navi angezeigt. Sechs Minuten, bis mein und Rauls Leben eine schlimme Wendung nehmen würde. Angestrengt versuchte ich mir eine Lösung zu überlegen, aber es gab keine. Ich hatte nicht einmal Geld, um den Arzt zu schmieren. Oder es zumindest zu versuchen.

Dann kamen wir an. Die hell erleuchtete Praxis war nicht sehr groß. Gleich nach der Eingangstür befand sich der Empfang. Eine Frau in den Vierzigern saß hinter dem Tresen und blickte uns lächelnd an. Drei weitere Türen waren in unmittelbarer Nähe. Zwei waren mit Nummern versehen. Eine große eins und eine zwei waren zu sehen. Das dritte Zimmer war der Warteraum.

»Was kann ich für Sie tun?«, fragte sie mich freundlich.

Weil mir die Worte fehlten, sah ich zu Giorgio. Schnaubend wandt er sich selbst der Schwester zu. »Wir brauchen eine Bestätigung über ihre Jungfreulichkeit.«

Die Frau riss die Augen auf. »Habe ich Sie eben richtig verstanden?«

»Haben Sie. Wir bezahlen in Bar. Wenn Sie uns netterweise vorziehen könnten, würde ich mich sehr erkenntlich zeigen.«

Mit gerunzelter Stirn blickte die Frau von ihm zu mir. Dann wieder zurück. »Natürlich«, sagte sie schließlich.

Hinter ihr ging die Tür mit der Eins auf. Eine Frau trat heraus. Die Empfangsdame sah mich an und zeigte mit der Hand darauf.

»Bitte. Sie dürfen.«

*Scheiße! Scheiße! Scheiße!*

Als würde ich zu meiner Hinrichtung laufen, trieben mich meine Füße schwerfällig durch den Raum.

Im absoluten Kontrast zu meiner Stimmung lächelte mich der ältere Arzt fröhlich an. Sein Gesichtsausdruck änderte sich allerdings, als die Schwester hereinkam und ihm einen Zettel überreichte.

Sobald sie gegangen war und die Tür geschlossen hatte, blickte er mich wieder an.

»Sie möchten, dass ich bestätige, dass Ihr Jungfärnhäutchen noch intakt ist? Darf ich fragen, wieso?«

Aufgeregt schluckte ich. »Meinem Zukünftigen ist es wichtig.«

Nickend nahm er die Brille ab. »Das hört man bei uns nicht alle Tage. Erstaunlich, dass es so etwas noch gibt.«

»Es ist … kompliziert.«

Kurz sah er mich an. »Hatten Sie denn bereits Geschlechtsverkehr?«, fragte er gerade heraus.

Wieder musste ich schlucken. »Nein«, log ich, in der Hoffnung, es würde mir irgendwie weiterhelfen.

»Waren Sie schon mal beim Gynäkologen?«

»Nein.«

Wieder nickte er. »Das höre ich allerdings leider häufiger. Viele Frauen in unserem Land beginnen erst in der

Schwangerschaft mit den Untersuchungen. Das ist schade. Es werden bei uns wichtige Krankheiten geprüft. Krebs oder Pilzerkrankungen beispielsweise. Wenn Sie schon mal hier sind, würde ich das gerne gleich mit untersuchen. Es dauert auch nicht lange.«

In Gedanken vertieft nickte ich. Es war mir egal, was für Krankheiten er prüfte. Ich würde eh nicht mehr lange leben! Aber zumindest würde es das Ganze noch etwas hinauszögern.

Mithilfe der Schwester hatten sie zuerst alles andere erledigt. Damit ich bei der Vaginaluntersuchung nicht mehr so nervös war. Selbst Blut hatten sie mir abgenommen!

Dass sie mir diese Nervosität niemals nehmen könnten, wussten sie natürlich nicht.

»Machen Sie sich frei und legen sich auf den Stuhl bitte«, sagte der Arzt.

Mein Herz pumpte dermaßen schnell, dass ich möglicherweise einen Herzinfarkt erleiden würde. Von dieser Sache hing mein und vor allem Rauls Leben ab. Immer wieder sah ich ihn angekettet vor mir. Sah, wie der Mann ihn schlug, und schloss hilflos die Augen.

Der Arzt setzte sich auf einem rollbaren Hocker und bewegte sich zu mir.

Er hatte kaum angefangen, da riss ich die Augen auf.

»Doc? Wissen Sie, ich hatte doch schon Geschlechtsverkehr.«

Lässig fuhr er mit der Untersuchung fort. »Ja, das dachte ich mir.«

»Wäre es möglich, dass Sie mir trotzdem bescheinigen, dass es nicht so ist?«

Unvermittelt hörte er auf und sah mich an. Trotz meiner Unverschämtheit wirkte er freundlich. »Wäre es nicht angebrachter, dass Sie mit ihrem Verlobten ehrlich sprechen?«

»Leider nicht, nein. Das geht nicht.«

»Es tut mir wirklich leid, aber Ihnen eine falsche Bescheinigung auszustellen, könnte für mich schwerwiegende Folgen haben.«

Er hatte natürlich Recht. Ich hatte Verständnis dafür, aber er wusste nicht, wie lebenswichtig diese Bescheinigung war.

Ich wollte bereits weiterargumentieren, als die Schwester hereinkam. Wieder reichte sie dem Arzt einen Zettel.

Er blickte sie an. »Verstehe«, sagte er. Dann ging Sie und er sah ernst zu mir.

»Nun, wie es aussieht, werden Sie die Bescheinigung nicht mehr brauchen.«

*Was zum Teufel war los? War Lorenzo tot umgefallen? War Raul gekommen, um mich abzuholen?*

»Sie sind schwanger.«

Augenblicklich drehte sich alles. Nach Luft schnappend hielt ich mich an den Lehnen fest. Es dauerte kurz, bis ich wieder sprechen konnte, als es so weit war, kam meine Stimme ganz schrill aus mir heraus.

»Was haben Sie gesagt?!«

»Ich sagte, Sie sind schwanger.«

Kopfschüttelnd stand ich auf und fing an, meine Kleidung anzuziehen. »Das kann nicht sein. Er hat ihn vorher rausgezogen!« Der Arzt lachte und ich blickte entsetzt zu ihm. »Verstehe, die berühmten Rausziehbabys. Wissen Sie, in unserem Land denken immer noch viele …«

»Hören Sie auf damit«, unterbrach ich ihn. »Verstehen Sie mich nicht falsch, aber ich habe keine Zeit für Ihre Belehrungen. Sind Sie ganz sicher, dass ich schwanger bin?«

»Natürlich.«

»Dann, bitte, erschießen Sie mich!«

Erschrocken sprang er hoch. »Signora, bitte. Das ist doch kein Welt…«

»Ich habe noch nicht ja gesagt!«, knurrte ich mit zusammengepressten Zähnen.

Seine Hände fuhren nach oben, um mich zur Ruhe zu bewegen. »Hören Sie. Ich verstehe, dass Ihre Hormone verrückt spielen, aber glauben Sie mir. Es wird sich alles fügen.«

Hastig blickte ich mich um. »Wo führt dieses Fenster hin?« Ohne eine Antwort abzuwarten, ging ich darauf zu, öffnete es und kletterte hinaus.

Diesen Termin würde der Arzt sicher nicht so schnell vergessen!

Schnell wie der Teufel rannte ich zu einem Taxi und ließ mich zum Bahnhof fahren. Weil ich kein Geld zum Bezahlen dabeihatte, fing ich irgendwann an, zu weinen. Es war mir alles zu viel. Raul, der angekettet bei Lorenzo stand und nicht einmal wusste, dass er Vater werden würde. Lorenzo, der mich bald suchen und meine Flucht als Eingeständnis ansehen würde. Ich musste mich beeilen. Ich hatte nur eine Chance, um Raul zu retten, und die würde ich ergreifen.

Durch den Rückspiegel sah der Taxifahrer mich an. »Fehlt Ihnen etwas?«

»Ja, leider. Ich habe mein Portmonnaie nicht dabei. Aber ich muss dringend zum Bahnhof.«

Kurz sah er mich an, dann lächelte er. Er fuhr mich nicht nur die fünf Minuten zum Bahnhof. Er gab mir sogar noch zehn Euro dazu. Das machte mir mal wieder bewusst, wie viele nette Menschen es noch gab. Weinend hatte ich mich bedankt und war schnell weitergehetzt.

Der Zug, den ich brauchte, fuhr nur wenige Minuten später los. Zitternd saß ich drin und hoffte, ich würde es schaffen, bevor man mich erwischte. Noch dazu hatten die zehn

Euro nicht für das Tiket gereicht. Also fuhr ich schwarz. Meine Nerven lagen blank.

Dann fuhr der Zug los und ich atmete erleichtert aus. Zum ersten Mal hatte ich Zeit, nachzudenken. Ich sah hinunter zu meinem Bauch und legte die Hand darauf. »Wir werden deinen Papa nicht sterben lassen«, flüsterte ich.

# Kapitel 35

*Raul*

Der letzte Schlag war heftig gewesen. Ich konnte viel aushalten, aber meine Kraft schwand langsam. Noch dazu fragte ich mich, ob Lorenzo gerade dabei war, Giulia zu vernaschen. Allein der Gedanke ließ mich erzittern vor Wut. Im Grunde war er ja im Recht. Ich hatte seine Frau gevögelt und diese Schläge verdient. Es hätte mir nicht einmal etwas ausgemacht, es zuzugeben. Lorenzo würde mich sowieso nicht mehr lebend hier rauslassen, aber allein wegen Giulia konnte ich nicht.

Mit geschwollenen Augen sah ich zur Tür, als ich hörte, dass sie aufgerissen wurde. Es war Lorenzo. Wutentbrannt kam er auf mich zu.

Hatte er tatsächlich mit Giulia geschlafen und herausgefunden, dass sie keine Jungfrau mehr war?

»Wo ist sie?!«, brüllte er mir zu, noch bevor er mich ganz erreicht hatte.

Stirnrunzelnd sah ich ihn an. Dann war er bei mir. Außer sich schlug er mich in den Magen. »Wo zum Teufel ist meine Frau?!«

Wegen des Schlags musste ich erstmal husten. Als ich mich ein wenig erholt hatte, sah ich wieder zu ihm. »Wovon redest du?«

Sofort schnappte er sich mein Kinn. »Sie hat sich mal wieder aus dem Staub gemacht! Ich will wissen, wo sie hin ist!«

»Wie du siehst, hänge ich hier herum. Ich kann dir nicht sagen, wo sie ist. Vielleicht machst du mich los. Dann such ich sie.«

Lachend ließ er mich los und drehte sich weg. »Wozu? Um sie nochmal zu ficken?«

*Wie hatte sie es geschafft, zu fliehen?*

»Lorenzo, ich sage es nochmal. Ich habe nicht mit deiner Frau geschlafen.«

»Ach nein? Komisch, denn sie ist genau dann abgehauen, als der Arzt ihr eine Jungfräulichkeitsbescheinigung ausstellen sollte. Wenn das mal kein Zufall ist!«

*Der Arzt sollte was?!*

»Bist du jetzt völlig übergeschnappt? Die Frau ist komplett verängstigt. Sie wollte vorher schon nichts damit zu tun haben. Was dachtest du denn, wie sie reagieren würde, wenn sie sieht, dass du jemanden ankettest und schlagen lässt?«

»Hör auf mich zu verarschen!«, knurrte er mit zusammengebissenen Zähnen. »Ich weiß, dass da etwas war! Und ich werde nicht ruhen, bis du es zugibst!«

*Zumindest hatte ich dann noch ein Weilchen zu leben. Angenehm würde es vermutlich nicht werden, aber immerhin.*

Schnaubend sah ich ihn an und er kam wieder näher. In seinen Augen erkannte ich, was er vorhatte. Er würde mich so lange verprügeln, bis ich es zugab. Würde ich trotzdem nicht. Mit Folter hatte er zum Glück nicht viel am Hut. Dafür war ich immer zuständig gewesen. Die halben Flaschen, die er als Männer bezeichnete, waren zu zart besaitet dafür. Das kam mir jetzt zugute.

Ich fragte mich, wo Giulia hin war. Es freute mich, dass sie es herausgeschafft hatte, aber ich machte mir Sorgen. Ich hoffte, sie würde daran denken, weder ihre Bankkarte noch ihren Ausweis zu benutzen. Ich hätte sie verdammt nochmal für so einen Fall vorbereiten sollen. Dafür, es nicht getan zu haben, könnte ich mich selbst schlagen. Lorenzos Mann erledigte es für mich. Wieder keuchte ich vor Schmerz.

»Hattest du Spaß mit meiner Frau, hmm?«

# Kapitel 36

*Giulia*

Fünf Stunden später stieg ich erleichtert aus dem Zug aus. Es war zum Glück kein Schaffner vorbeigekommen. Dabei hatte ich mir mühsam eine Geschichte vorbereitet.

Der Bahnhof in Neapel war ziemlich groß. Ohne Geld und Gepäck war ich hier gestrandet. Zum ersten Mal machte ich mir Sorgen um mich. Wo würde ich übernachten? Was würde ich tun, wenn mein Plan nicht aufging? Dann dachte ich an Raul. Wenn er es als Kind geschafft hatte, würde ich es auch schaffen. Immerhin hatte ich zehn Euro dabei. Es war nicht viel, aber verhungern würde ich heute zumindest nicht. Obwohl ich bereits ein wenig hungrig war, kaufte ich mir nichts. Es gab Wasserspender. Noch würde es gehen. Erst am Abend würde ich mir etwas gönnen.

Direkt vor dem Bahnhof blickte ich mich um. Ich suchte nach Männern, die aussahen, als wären sie von hier. Jeden Zweiten fragte ich dasselbe. »Ich suche nach Armando Leone, kennen Sie ihn?«

Immer wieder wurden die Köpfe geschüttelt. Ich bekam den Eindruck, dass sie, selbst wenn sie ihn kannten, trotzdem verneinen würden.

Langsam wurde ich panisch. Zum Zentrum waren es in etwa zwei Kilometer. So viel hatte ich herausgefunden. Es war mittlerweile spät am Nachmittag. Zügig machte ich mich auf den Weg. Immer wieder sprach ich Leute an. Nichts! Mist!

Es war bereits neunzehn Uhr, als ich im Zentrum umherirrte und zwei gut bekleidete Männer auf mich zukamen. Sie starrten mich an und ich hoffte, es wären nicht Lorenzos Männer. Unmittelbar vor mir blieben Sie stehen.

»Sie suchen nach Armando?«, fragte einer der beiden.

Ich nickte. Sie hatten mich gefunden. Ich wusste, würde ich nur genug „Lärm" machen, würde man mich holen. Die Frage war jetzt, wie es enden würde. Aber ich wusste, eine andere Chance hatte ich nicht, wenn ich Raul retten wollte.

»Was wollen Sie von ihm?«, wurde ich gefragt.

Kurz schluckte ich. Es war lebensmüde, das zu tun. Aber ich hatte eh nichts zu verlieren.

»Ich bin die Frau von Lorenzo Marino. Ich möchte Armando sprechen.«

Die Männer sahen sich gegenseitig an, dann zeigte einer der beiden mit der Hand in eine Richtung.

Ich verstand, dass ich Ihnen folgen sollte. Um die Ecke stand ein Wagen. Ohne nachzudenken, stieg ich ein. Ich war schließlich bereits so gut wie tot.

Die Fahrt dauerte nicht lange. Armandos Anwesen war beeindruckend. Nicht so schön und groß wie das von Lorenzo, aber beinah. Das Auto hielt direkt vor dem Haus. Einer der Männer öffnete mir sogar die Tür. Als ich ausgestiegen war, stellte er sich vor mich hin und bat mich, die Arme auszubreiten. »Es tut mir leid, Signora, aber das muss sein.«

Über das Signora ärgerte ich mich nicht mehr. Ich wollte einfach nur erfahren, ob es eine kluge Entscheidung gewesen war, herzukommen.

Nach der Durchsuchung begleiteten sie mich hinein und zu einem großen Raum. Eine riesige Tafel war für zwei gedeckt. Bei Kopf saß ein Mann. Er war vermutlich um die sechzig Jahre alt. Das volle Haar war an den Seiten etwas grau. Seine Augen wirkten freundlich. Obwohl er saß, erkannte ich, dass er nicht sehr groß war. Seine Kleidung wirkte sehr elegant. Lorenzo trug auch teure Kleidung, aber dieser Mann war anders. Alte Schule. Armando.

Als ich näher heranging, stand er auf.

»Bitte, setzen Sie sich.« Mit der Hand zeigte er auf den Stuhl neben sich.

Verunsichert ging ich hin und setzte mich.

»Sie sind mit dem Zug gekommen?«

Überrascht runzelte ich die Stirn. »Woher wissen Sie das?«

»Das ist meine Stadt.«

»Ja, bin ich.«

Er blickte mich an und nickte. »Es war sehr mutig von Ihnen, herzukommen. Ich bin beeindruckt. Obwohl ich mich immer noch frage, wieso Sie es getan haben.«

»Zuallererst möchte ich Ihnen mein Beileid für Ihren Verlust aussprechen.«

»Danke.« Er sah zur Seite, als eine Frau mit Teller hereintrat. Sie stellte das Essen vor uns hin. Genau wie ich bedankte sich Armando. Das kannte ich von Lorenzo nicht. So ging er mit seinen Angestellten nicht um.

»Bitte, essen Sie.«

Ich blickte auf den Teller mit dem Lammkarree und mein Magen fing an zu brummen. Ich hoffte, er hätte es nicht gehört. Wenn es so war, ließ er sich nicht anmerken. Ich griff nach dem Besteck, schnitt das Fleisch und fing an, zu essen. Es war köstlich. »Wein?«, fragte er mich.

Fast hätte ich ja gesagt, doch dann fiel mir wieder ein, dass ich schwanger war. Es war immer noch so unwirklich. Ein kleiner Raul wuchs in mir heran. Das erinnerte mich daran, dass ich es eigentlich sehr eilig hatte. Ich legte das Besteck beiseite und sah ihn an.

»Don Armando. Ich bin hier, weil ich Ihnen meine Hilfe anbieten möchte und im Gegenzug Ihre Hilfe benötige. Ich weiß, Sie haben versucht, mich zu entführen oder sogar zu töten, aber ich bin verzweifelt. Mein Vater sagte immer: Der Mund allein könnte reichen, um viele Kriege zu verhindern, also versuche ich es einfach.«

Unvermittelt lächelte er. »Das war ein kluger Raschlag von Ihrem Vater. Wissen Sie, was meiner immer gesagt hat?« Abwartend sah ich ihn an. »Er sagte, selbst der schlimmste Mann sollte sich niemals an Kinder oder Frauen vergreifen. Die Zeiten haben sich geändert, aber das war einst die oberste Regel unter den Uomini D´Onore. Die Mafiosi, wie man schön sagt. Ich gehöre zur alten Schule und habe dieses Credo niemals gebrochen.«

Verwirrt zog ich die Brauen zusammen. »Heißt das, Sie waren es nicht?«

»Genau das heißt es.«

»Aber … « Desorientiert schüttelte ich den Kopf. »Das ist nicht wichtig.«

»Ich nehme an, Ihr Verlobter weiß nicht, dass Sie hier sind?«

»Nein. Und ehrlich gesagt ist er nicht mein Verlobter. Lorenzo und ich waren ein Jahr lang zusammen. Er fragte mich, ob ich ihn heiraten würde, aber ich habe nie ja gesagt. Als ich mich von ihm trennen wollte, ließ er mich nicht gehen. Ich liebe einen anderen und erwarte ein Kind von ihm. Wenn Lorenzo es erfährt, wird er uns beide töten. Um den Vater meines Kindes zu retten, bin ich hier.«

»Erstmal gratuliere ich Ihnen zur Schwangerschaft. Aber ich bin verwirrt. Inwiefern sollte mir das Ganze eine Hilfe sein?«

»Sie wollen sich an Lorenzo rächen, oder stimmt das auch nicht?«

»Lorenzo steht ganz oben auf meiner Tagesliste, ja. Aber bitte, ich würde vorschlagen, wir duzen uns. Du könntest meine Tochter sein und ich bewundere dich für deinen Mut.«

»Danke. Es ist so … der Vater meines Kindes ist Lorenzos rechte Hand.«

Sein Lachen unterbrach mich. »Raul ist der Vater deines Kindes? Gott, Mädchen. Hat dein Vater dir nicht geraten, dich von gefährlichen Männern fernzuhalten?«

Schüchtern sah ich zur Seite. »Doch, aber immer habe ich nicht auf ihn gehört.«

Wieder lachte er. »Bitte, iss etwas. Du trägst schließlich ein Kind in dir. Raul bekommt ein Kind … Wenn das mal nicht eine Neuigkeit ist!«

»Du kennst ihn?«

»Nicht persönlich, nein, aber jeder kennt Raul in unseren Kreisen. Einen klugen, starken, kaltblütigen Mann hast du da an deiner Seite. Es wundert mich, dass er Lorenzo nicht selbst getötet hat.«

»Ich wollte es nicht«, gab ich zu.

Nachdenklich nickte er. »Verstehe. Was genau erwartest du von mir?«

»Lorenzo hält Raul gefangen. Er vermutet, dass er sich an mir vergangen hat, und wird ihn sicher bald töten. Du musst mir helfen, ihn zu befreien. Ich bin sicher, Raul wird sich erkenntlich zeigen. Er könnte dir behilflich sein. Er ist Lorenzos rechte Hand gewesen.«

»Das stimmt und ich hätte Raul sehr gerne auf meiner Seite aber so einfach ist das nicht. Ich nehme an, Lorenzo hält ihn bei sich gefangen?«

»Ja, im Kerker.«

»Weißt du, wenn meine Männer in sein Haus kommen könnten, würde ich Lorenzo selbst töten.«

Aufgewühlt stand ich auf. »Es muss doch eine Lösung geben! Ich kann dir sagen, wo und wie viele Männer er dort hat. Ich kann dir den Grundriss zeichnen. Hilft das denn nicht?«

Kurz dachte er nach, dann stand er auf. Er schnappte sich sein Glas und trank einen Schluck. »Eine Möglichkeit gäbe es, um Raul zu befreien, aber die wird dir nicht gefallen.«

»Egal was es ist, ich bin einverstanden, aber es muss schnell gehen. Bitte.«

Zärtlich blickte er mir in die Augen. »Du musst ihn sehr lieben …«

»Das tu ich.«

»Der einzige Weg führt über einen Tausch.«

Verwirrt runzelte ich die Stirn. »Einen Tausch?«

»Dich gegen ihn.«

# Kapitel 37



Der Hurensohn war zäher, als ich dachte. Er hatte bereits so viele Schläge eingesteckt, aber er verriet mir weder was mit Giulia gewesen war, noch, wo sie sich befinden könnte.

Außer mir vor Wut tigerte ich im Büro herum. Diese verdammte Frau! Meine Männer und meine Hacker arbeiteten auf Hochtouren, um sie zu finden. Wenn sie dachte, sie könnte mich einfach verlassen, hatte sie sich geschnitten! Sie würde mich heiraten! Und wenn ich sie dazu zum Altar schleifen müsste!

Jeder wusste, dass wir uns vermählen würden. Ich würde wie eine Lachnummer dastehen, wenn sich herumsprach, dass meine Verlobte mich praktisch vor dem Altar hatte stehen lassen.

Erneut rief ich Giorgio an. Er hatte Rauls Platz übernommen, denn er war der Nächste in der Kette der Erben. Kein schlechter Mann, aber lange nicht mit Raul zu vergleichen.

*Herrgott! Dieser Tag konnte unmöglich noch schlimmer werden!*

»Gibt es Neuigkeiten?«, bellte ich ins Telefon.

»Sie ist am Bahnhof gewesen. Wir versuchen herauszufinden, mit welchem Zug Sie gefahren ist.«

»Ihr verdammten Idioten! Dass sie nach Mailand gefahren ist, sollte selbst den Dümmsten unter euch klar sein. Macht euch auf den Weg. Findet sie!«

Ich wollte bereits zurück in den Kerker, als mein Telefon klingelte. Unbekannte Nummer. Stirnrunzelnd blickte ich darauf. Vielleicht war es Giulia, fiel mir ein. Sie hatte ja kein Handy mehr. Sofort ging ich ran.

»Lorenzo, mein Freund«, hörte ich den Anrufer sagen und war nicht ganz sicher, wer mich am anderen Ende behelligte.

»Wer ist da?«

»Ich bin es, Armando.«

Überrascht ging ich zurück zu meinem Schreibtisch und ließ mich auf meinen Sessel fallen.

»Du hast mir gerade noch gefehlt. Was kann ich für dich tun?«

»Weißt du, eigentlich kann ich etwas für dich tun.«

Entnervt stellte ich auf Lautsprächer und warf das Handy auf den Schreibtisch. »Wenn du mir jetzt sagen würdest, was du von mir willst, wäre ich dir sehr dankbar. Ich habe heute einen vollen Terminkalender.«

»Keine Sorge, ich werde dich nicht lange aufhalten. Ich habe etwas, das du vielleicht zurückhaben möchtest. Mir ist heute eine junge Frau über den Weg gelaufen.«

Abrupt setzte ich mich hoch. Das konnte unmöglich sein! »Wovon redest du?«

»Über deine Verlobte.«

Sprachlos riss ich die Augen auf. Mein Tag war tatsächlich noch eine Spur schlimmer geworden.

*Verdammte Scheiße!*

»Giulia soll bei dir sein?«, fragte ich skeptisch.

»Sag doch mal bitte Hallo, Kleines«, hörte ich ihn sagen. Kurz darauf vernahm ich ihre Stimme. »Lorenzo?« Sofort wurde sie von ihm unterbrochen. »Es reicht. Du hast sie gehört? Sie ist sehr hübsch. Gratuliere. Ich muss zugeben, ich weiß noch nicht so recht, was ich mit ihr mache. Ich könnte sie selbst heiraten.«

»Du verdammter Mistkerl! Wenn du das wagst, wirst du mich wirklich kennenlernen!«

»Nanu, gleich so aggressiv? Wenn sie dir so viel bedeutet, würde ich sie dir zurückschicken, aber ich bin Geschäftsmann. Für mich sollte natürlich auch etwas herausspringen.«

»Wieviel willst du?«

Sofort lachte er, und das brachte mich erst richtig in Rage.

»Ich habe genug Geld, mein Freund. Aber tatsächlich hast du etwas, was ich gerne hätte.«

»Was zum Teufel willst du?«

»Ich will Raul. Wir machen einen Tausch. Du bekommst sie und ich bekomme deine rechte Hand.«

Dieses Mal war ich es, der lachte. »Du bist nicht mehr bei Trost, alter Mann.«

»Ich war nie ernster.«

Raul hasste mich mittlerweile. Er würde all meine Geheimnisse preisgeben. Noch dazu wollte ich diesen Mann keinem gönnen. Schon gar nicht meinem Feind.

»Es tut mir leid, aber Raul ist tot. Such dir einen anderen Preis aus.«

»Das ist schade. Dann sind wir hier fertig. Ich würde dich ja gerne zur Hochzeit einladen, aber so schnell wie mein Priester wirst du vermutlich nicht hier sein können, also …«

»Warte!«

*Verdammter Mistkerl!*

»Lebt Raul doch noch?«

»Vielleicht. Wie soll das Ganze aussehen?«

»Auf halbem Weg. Jeder schickt einen Mann mit. Die Geiseln steigen aus und gehen in das andere Auto. Ganz unspektakulär.«

Unvermittelt musste ich lachen. »Einen Mann soll ich mitschicken? Du transportierst eine Frau, ich Raul!«

»Dann eben jeder Zwei. Was Raul angeht, ich will ihn in einem Stück, und zwar lebendig, haben. Dasselbe gilt für deine Verlobte. Habe ich dein Wort?«

Ungläubig, dass er ausgerechnet Raul haben wollte, fuhr ich mir mit den Händen über das Gesicht. Aber was blieb mir anderes übrig? »Du hast mein Wort.«

# Kapitel 38



Als Lorenzo wiederkam, war sein Gorilla gerade dabei, mich ein wenig aufzumöbeln. Das Einzige, was mich noch bei Bewusstsein hielt, war die Sorge um Giulia.

»Hör auf«, hörte ich Lorenzo rufen, noch bevor er uns ganz erreicht hatte.

Hinter ihm betraten Giorgio und Matteo den Kerker. Giorgio hatte Handschellen mit und ich fragte mich, was sie vorhatten.

Er kam auf mich zu und löste die Ketten, die mich hielten. Währenddessen zielte Matteo mit der Waffe auf mich. Sobald meine Arme frei waren, ging ich zu Boden. Sie reichten mir eine Wasserflasche und ich trank. Das reichte, damit mir bewusst wurde, dass sie nicht vorhatten, mich zu töten.

Dann legte mir Giorgio die Handschellen an.

»Steh auf«, raunte Lorenzo. »Du ziehst um.«

Mithilfe der beiden Männer richtete ich mich auf. Mir fehlte die Kraft, um irgendetwas zu sagen. Sie zogen mich ins Auto und sobald ich lag, war ich weggetreten.

Irgendwann wachte ich auf. Wie viel Zeit vergangen war, wusste ich nicht. Es war dunkel. Meine Hände steckten hinter dem Rücken in Handschellen. Meine Knöchel waren mit Kabelbindern aneinandergebunden. Trotzdem schaffte ich es, mich aufzusetzen. Ich hatte wieder etwas Kraft getankt.

Sofort sah Matteo zu mir. »Du bist wach? Gut, wir sind fast da.«

Vorne sah ich die Uhrzeit. Es war kurz vor null Uhr. Ich war ziemlich sicher, dass wir seit Stunden unterwegs waren.

»Wohin fahren wir?«, fragte ich die Männer. Sie hatten lange mit mir gearbeitet. Natürlich ging Lorenzo vor, aber ich wusste, sie würden mit mir reden.

»Du wirst an Armando übergeben. Er wollte dich haben. Ich muss ehrlich gestehen, das hätte ich dir niemals zugetraut. Die Frau des Bosses?!«, lachte Giorgio. Matteo stimmte unsicher mit ein.

Ich ignorierte sie. Es gab Wichtigeres. Ich wurde an Armando übergeben? Das machte überhaupt keinen Sinn! Wieso sollte Lorenzo so etwas tun?!

»Da«, sagte Matteo und zeigte auf einen Parkplatz. »Halt ja genügend Abstand.«

Ich erkannte ein Auto, das mit brennenden Lichtern dastand. Die Männer zogen ihre Waffen. Dann wandte sich Matteo mir zu. »Wir halten an und du gehst auf das Auto zu. Du solltest brav einsteigen, denn andernfalls wirst du erschossen. Wenn du anhältst, wirst du gekillt. Verstanden?«

*Was zum Henker?!*

Lorenzo ließ mich frei, und noch dazu reichte er mich ausgerechnet seinem größten Feind? War er total übergeschnappt? Oder war das der Preis für den Frieden? Was auch immer. Mich hätte es vermutlich nicht besser treffen können. Dann hatte ich eben einen neuen Boss. Was solls! Aber ich war draußen und hatte die Möglichkeit, nach Giulia zu suchen.

»Wird ein wenig schwierig mit Handschellen und Fußfesseln.«

Giorgio parkte mitten auf dem Parkplatz. Genau gegenüber dem anderen Wagen. Dann drehte er sich zu mir. »Raul, mach keine Scheiße. Ziehst du hier eins deiner Dinger ab, werden wir alle draufgehen. Und wie gesagt, hältst du an, wirst du erschossen.«

»Keine Sorge. Ich gehe gerne.« Mein Zwinkern ließ ihn die Augen verdrehen.

»Matteo macht deine Füße frei. Mit den Handschellen musst du leben. Du schaffst das schon. Und Raul, versuch bei ihm nicht auch gleich alles zu ficken, was nicht bei drei auf einem Baum ist. Vielleicht lebst du dann ja noch ein Weilchen.«

Starr blickte ich ihn an. Nie hätte er es vorher gewagt, so mit mir zu reden. Auch er blickte mich an. Dann grinste er. »Machs gut.«

Ich hatte gerade begonnen zu laufen, als auch bei Ihnen die Hintertür geöffnet wurde. Stirnrunzelnd blickte ich hin.

Obwohl mein Gesicht ziemlich mitgenommen war, riss ich die Augen auf, als ich sie erkannte.

*Was zum Teufel …?*

Nein! Augenblicklich wurde mir alles bewusst. Lorenzo hatte mich gegen Giulia ausgetauscht!

Das Herz rutschte mir in die Hose. Das konnte ich nicht zulassen! Aber was sollte ich tun? Würde einer von uns stehenbleiben, würden wir erschossen werden. Noch dazu war ich gefesselt und unbewaffnet. In meinem Kopf ratterte es, aber ich wusste, ich konnte das Ganze nicht aufhalten. Nicht ohne ihr Leben aufs Spiel zu setzen.

*Verdammte Scheiße!*

Giulia näherte sich. Ihre Hände fuhren zu ihrem Mund, als sie mich sah. Ich erkannte die Tränen. »Mir geht es gut«, sagte ich zu ihr, denn sie war mittlerweile nahe genug, um mich zu hören. »Bleib nicht stehen«, warnte ich sie. »Ich werde dich da rausholen, aber bleib jetzt nicht stehen. Hast du verstanden?«

Weinend nickte sie. Dann ging sie an mir vorbei. »Was haben sie dir angetan?«, fragte sie panisch.

»Es geht mir gut. Geh weiter. Ich komme bald.«

Sie war weg. Ich konnte sie nicht mehr sehen. Zielstrebig ging ich auf das Auto zu und stieg hinten ein. Sofort blickte ich auf Lorenzos Auto und sah auch Giulia einsteigen.

»Erledigt«, hörte ich einen der Männer sagen.

»Gut. Bringt ihn her«, sagte die Stimme aus den Lautsprechern.

Das war sicher Armando gewesen.

Sie zu Lorenzo fahren zu sehen, warf mich in ein tiefes Loch. Es würde nicht einfach werden, sie von dort zu befreien, aber ich würde mir etwas überlegen. Ich lebte, und das war alles, was ich im Moment brauchte.

Bei der Villa angekommen, brachten mich die Männer rein. Obwohl es mitten in der Nacht war, wurde ich in Armandos Büro gebracht. Er erwartete mich.

»Macht ihn frei und lasst uns allein«, sagte er zu den Männern.

Verwundert blickte ich ihn an. Er wusste vermutlich, wen er vor sich hatte. Andernfalls hätte er niemals so einen Tausch gemacht. Dass er mich nicht fürchtete, machte mich neugierig.

Als die Männer weg waren, zeigte er zu einem der Sessel vor sich.

»Setz dich. Wir haben zu reden.«

»Worüber haben wir zu reden?«

Scheinbar hatte er Giulia entführt. Zu reden hatten wir ganz sicher, aber im Moment wollte ich nur eins: Morden.

»Dieser Tausch wurde von deiner Frau arrangiert.«

Wieder einmal riss ich die Augen auf. Wovon zum Teufel sprach dieser Mann?

»Sie ist zu mir gekommen und hat mich um Hilfe gebeten. Sie wollte, dass ich dich befreie.«

»Sie ist also zu dir gekommen?«, fragte ich skeptisch. »Wie soll das funktioniert haben?«

»Sie ist nach Neapel und hat in der ganzen Stadt herumgestreut, dass sie nach mir sucht.«

*WTF!*

Diese verfluchte Frau! Und das, nachdem Armando versucht hatte, sie zu töten?! Ich würde sie eigenhändig erwürgen!

»Sie hat mich gebeten, dich zu retten. Dieser Tausch war die einzige Möglichkeit. Aber ich bin sicher, mit deiner Hilfe finden wir einen Weg, um unsere gemeinsamen Probleme zu lösen. Außerdem mag ich das Mädchen. Ich würde sie nur ungern länger bei Lorenzo wissen.«

»Du magst das Mädchen?! Darf ich dich erinnern, dass deine Männer sie in Tunesien fast getötet hätten!«

»Wie ich schon zu Giulia sagte, waren es nicht meine Männer. Ich pflege es nicht, Frauen etwas anzutun. Die Probleme kläre ich gerne unter Männern.«

Sie hatte verdammt nochmal Recht gehabt! Es war nicht Armando gewesen? Aber wer sonst?!

»Ich habe Giulia ein kleines Handy mitgegeben. Wenn es ihr nicht weggenommen wurde, wird sie sich melden, sobald sie kann. Ich gebe dir das Pendant dazu. Damit können wir in Verbindung bleiben. Das wird uns helfen, an Lorenzo heranzukommen.«

»Das war klug von dir. Und nein, ich denke nicht, dass sie gefilzt wird.«

# Kapitel 39

*Giulia*

Wir waren kaum ausgestiegen, da kam mir Lorenzo bereits entgegen. Armando hatte mir versprochen, mich zu befreien und Raul nichts von der Schwangerschaft zu erzählen. Das wollte ich selbst tun. Ich wollte mit meinen Augen sehen, ob er es wollte.

Als Lorenzo bei mir war, sah er mich so wütend an, dass ich nicht wusste, ob ich diese Zeit überhaupt überstehen würde.

»Rein!«, herrschte er mich an.

Er führte mich zu seinem Schlafzimmer. Alles, was ich wollte, war, zu überleben, bis Raul und Armando mich holten. Deswegen blieb ich still und gehorchte.

Im Zimmer angekommen, schlug er die Tür zu. »Ist dir bewusst, was du getan hast?!«

»Es tut mir leid.«

Aufgebracht kam er auf mich zu. »Es tut dir leid?! Deinetwegen hat er jetzt Raul!«

Um ihn nicht noch mehr aufzubringen, senkte ich den Kopf und sagte nichts. Aber das gefiel ihm auch nicht. Außer sich zog er mich am Arm an sich. »Rede verdammt! Was zum Teufel ist passiert?! Wie konnte Armando dich in die Finger kriegen?!«

»Seine Männer haben mich im Zug abgefangen. Ich weiß nicht, woher sie wussten, dass ich da war.«

»Wieso du im Zug warst ist zumindest geklärt. Du hattest was mit ihm, nicht wahr? Deswegen bist du geflüchtet!«

»Du hast mir Angst gemacht. Tust du gerade auch. Nur deswegen bin ich geflüchtet.«

Unvermittelt traf mich seine Ohrfeige. »Hör verdammt nochmal auf, mich anzulügen! Raul hat es doch längst zugegeben!«

Entsetzt über seinen Schlag und seine Worte blickte ich zur Seite. Das war unvorstellbar! Aber sie hatten Raul schwer verletzt. Natürlich hatte er irgendwann geredet! Ich war schließlich weg. Vermutlich hatte er gedacht, ich hätte ihn einfach zurückgelassen. Dieser Gedanke brach mir das Herz.

»Ich rate dir, mit der Wahrheit herauszuplatzen«, drohte er.

»Es war nur einmal. Wir waren betrunken.«

Erst als ich seinen Gesichtsausdruck sah, erkannte ich, dass er gelogen hatte. Raul hatte nichts erzählt. Er hörte zum ersten Mal davon!

*Scheiße!*

Wutentbrannt packte er mich an den Oberarmen. »Du verdammte Hure! Jetzt wo er weg ist, rückst du damit raus?!«

»Lorenzo beruhige dich. Ich habe einen Fehler gemacht. Wir waren betrunken und konnten uns am nächsten Tag kaum daran erinnern.«

»Ach ja?! Ich bin sicher, er kann sich sehr gut daran erinnern, dieser Hurensohn! Ich werde ihn verdammt nochmal töten, und wenn es das Letzte ist, was ich tue!«

Aufgebracht verließ Lorenzo den Raum. Wie hatte ich nur darauf hereinfallen können?! Raul hatte dichtgehalten. Trotz der Folter hatte er nichts erzählt. Ich fühlte mich schrecklich. Noch dazu hatte ich Angst, wie Lorenzo reagieren würde. Aber Raul war zum Glück bei Armando. So leicht würde er nicht an ihn herankommen.

Leise ging ich in mein eigenes Zimmer.

Armando hatte mir ein Handy mitgegeben. Ich ging ins Bad, schloss mich ein und holte es aus der Hose.

„Mir geht es gut. Wie geht es Raul?", schrieb ich.

Sofort wurde getippt. „Wie zum Teufel konntest du das tun?!"

Meine Augen wurden riesig. „Raul?"

„Bist du noch bei Trost?!"

„Was hätte ich denn tun sollen? Warten, bis sie dich töten?"

„Ich sollte dich retten nicht umgekehrt."

„Wie sollte das angekettet funktionieren?"

Kurz schrieb er nicht. Ich war sicher, dass er wieder lächelte.

„Wie sieht es da aus?", fragte er dann.

„Lorenzo war wütend. Er hat behauptet, du hättest die Wahrheit über uns gesagt und ich habe ihm geglaubt."

„Verstehe ich das gerade richtig, dass du ihm bestätigt hast, dass wir miteinander geschlafen haben?"

Peinlich berührt biss ich mir auf die Unterlippe. „Ja", schrieb ich schließlich.

Wieder dauerte es einen Moment, bis er antwortete. Dann sah ich, dass er tippte. „Hat er dich geschlagen?"

„Nur eine Ohrfeige. Er ist wütend gegangen. Er sagte, er wird dich töten."

„Seine Chance hat er vertan. Eine weitere bekommt er nicht, keine Sorge. Ich werde dich schnellstens da herausholen. Versuch auf Abstand zu gehen. Und provoziere ihn nicht."

„Okay." Ich hatte „ich liebe dich" schreiben wollen, aber ich wusste nicht, ob ihn das verschrecken würde.

„Geh schlafen. Du musst am Ende sein", schrieb er.

„Du auch. Melde mich morgen."

Ich versteckte das lautlos gestellte Handy über dem Handtuchschrank im Badezimmer. Dann legte ich mich ins Bett. Bevor ich die Augen schloss, blickte ich zu meinem Bauch und legte die Hand darauf. Ich dachte an mein Baby und an seinen Vater. Dann schloss ich die Augen.

Als ich am nächsten Morgen aufwachte, ging ich nach unten, um zu frühstücken. Ich hoffte, Lorenzo nicht zu begegnen.

Ich saß am Tisch, als Laura zu mir kam. »Signora, die Schneiderin kommt gleich. Ich sollte Ihnen Bescheid geben.«

»Die Schneiderin?«, fragte ich Stirnrunzelnd.

»Wegen dem Hochzeitskleid. Sie wird ein paar Modelle mitbringen. Don Lorenzo meinte, es eilt.«

Mit weit aufgerissenen Augen blickte ich sie an.

Als ich den Schock überwunden hatte, wäre ich am liebsten zu Lorenzo geeilt und hätte ihm meine Meinung gesagt, aber Raul hatte geschrieben, ich solle Lorenzo nicht verärgern, also ließ ich es bleiben. Ich hoffte, Raul würde mich rechtzeitig holen. Ich musste ihm so bald wie möglich schreiben. Denn würde Lorenzo mich heiraten, würde das Baby seinen Namen bekommen. Es wäre rechtmäßig sein Kind. Das durfte ich nicht zulassen.

Kurz darauf kam die Schneiderin. Ich schaffte es daher nicht mehr zu meinem Handy. Sie ging mit mir in mein Schlafzimmer und bestand darauf, dass ich jedes einzelne Kleid anprobierte. Irgendwann versuchte ich durch die Frau, etwas über die Hochzeit in Erfahrung zu bringen.

»Don Lorenzo hat Sie sicher informiert, wann die Hochzeit stattfindet?«

»Natürlich, ja. Deswegen bin ich gleich gekommen.«

»Was genau hat er denn gesagt?«

»Na, dass es am Samstag ist.«

Ich versuchte, mich vor ihr nicht zu versteifen. Es war bereits Mittwoch!

»Wissen Sie was? Ich nehme das hier«, sagte ich und zeigte auf eins der Kleider. Ich wollte sie einfach nur zügig loswerden. Ich zog den weißen Morgenmantel aus Seide über meine Brautunterwäsche und zog den Gürtel zu. Mehr würde ich nicht anprobieren.

»Sind Sie sicher?«

»Natürlich bin ich das.«

»Na schön. Ich werde es…« Lorenzos Kommen unterbrach sie. »Don Lorenzo. Ihre Verlobte hat gerade Ihr Kleid ausgesucht. Sie sollten es lieber nicht sehen«, säuselte sie.

Er winkte ab und kam zu mir. »Wenn meine Verlobte das Kleid ausgesucht hat, dann sind Sie hier wohl fertig?«

Es war eine nette Art, sie rauszuschmeißen. Sie verstand und eilte hoch. »Natürlich. Ich bringe Ihnen das Kleid morgen, Signora Marino.«

Jetzt war ich schon Signora Marino!

Als die Frau weg war, kam Lorenzo näher heran. Er legte eine Hand um meine Taille. Mit der anderen zog er den Gürtel meines Morgenmantels auf. Aufgeregt schluckte ich. Dann ließ er die Hand hinein und auf meinen Hintern gleiten. Er zog mich an sich. Sofort küsste er meinen Hals.

»Lorenzo, warte.«

»Wieso?«

Ich wusste nicht, was ich sagen sollte, ohne ihn zu verärgern. »Was hast du vor?«, fragte ich verunsichert.

»Was denkst du denn, was ich vorhabe? Du bist schließlich keine Jungfrau mehr. Wozu warten?«

Der bissige Unterton war mir nicht entgangen.

»Findest du es nicht unpassend, dass wir miteinander schlafen, während du immer noch wütend auf mich bist? Sollte es nicht etwas Besonderes werden?«

Wutentbrannt blickte er mich an. »Unpassend? Du hast mit einem meiner Männer geschlafen. Und ich soll unpassend sein? Was ist, willst du mich nicht? Mit ihm hast du doch auch geschlafen. Ist er besser als ich?!«

Nervös blickte ich zur Seite. »Nein, ist er nicht. Es tut mir leid. Darf ich vorher kurz auf die Toilette?«

Er ließ mich los und zeigte zur Badezimmertür. »Bitte. Ich warte hier auf dich.«

Panisch holte ich das Handy vom Schrank herunter, nachdem ich die Tür abgeschlossen hatte. Sofort tippte ich eine Nachricht ein.

„Armando, bist du da?"

Als ich tippen sah, ließ ich erleichtert die Luft entweichen.

„Ich bin es, Raul. Was ist los?"

„Lorenzo hat am Samstag die Hochzeit angesetzt."

„Er hat was?!"

„Ich habe nicht viel Zeit. Er ist nebenan im Zimmer. Er wartet auf mich. Raul, er will mit mir schlafen."

Es dauerte kurz, bis etwas zurückkam.

„Geh ihm aus dem Weg."

„Wie soll das gehen? Ich muss wieder. Ich wollte nur das mit der Hochzeit loswerden."

„Wag es nicht, mich so stehenzulassen!"

„Raul, er wird misstraurisch, wenn ich so lange wegbleibe."

„Also gehst du jetzt da rein und schläfst mit ihm?!"

„Was soll ich denn sonst tun?! Ich habe versucht, es zu verhindern, aber da wurde er wütend."

Wieder kam nicht direkt eine Antwort. Ich hatte das starke Gefühl, dass Raul am Durchdrehen war.

„Darf ich auch noch kurz Armando haben?"

Es dauerte einen Moment, dann wurde getippt.

„Giulia, ich bin es, Armando. Was ist los?"

„Es tut mir leid, aber ich muss jetzt einfach fragen. Lorenzo ist in meinem Zimmer. Ich bin im Bad. Er will mit mir schlafen. Ich habe so etwas wie einen Blackout. Passiert etwas, wenn ich mit ihm schlafe? Ich habe Angst. Und was ist, wenn er es schafft, dass ich ihn heirate? Ist das Baby dann rechtmäßig sein Kind?!"

Kurz kam nichts. Dann wurde wieder getippt. „Wovon zum Teufel sprichst du?!"

Entsetzt riss ich die Augen auf.

Nein!

„Raul?"

Um Zeit zu schinden, ließ ich die Dusche laufen. „Es tut mir leid. Ich wollte nicht, dass du es so erfährst."

„Habe ich das gerade richtig verstanden?!"

„Ja. Ich bin schwanger von dir. Es tut mir leid. Ich wollte es dir persönlich sagen."

Kurz Stille, dann:

„Ich bin heute Abend da."

„Tu bitte nichts Unüberlegtes!"

„Sei um sechszehn Uhr online."

Meine zittrigen Hände waren schweißnass. An Rauls Reaktion hatte ich nicht herauslesen können, ob er entsetzt war oder sich freute. Noch dazu machte mich die Vorstellung, er würde herkommen, panisch. Ich hatte Angst um ihn.

Ich war mittlerweile länger im Bad, als ich vermutlich sollte. Ich musste zurück und mich Lorenzo stellen.

Hastig legte ich das Handy weg, machte mich ein wenig nass und schaltete die Dusche aus. Dann ging ich ins Zimmer.

Lorenzo stand oberkörperfrei im Raum und blickte auf sein Telefon. Als ich herauskam, legte er es weg und sah mich an. »Es hat lange gedauert.«

»Es tut mir leid.«

»Komm her.«

Sein ernstes Gesicht prophezeite nichts Gutes. Unsicher ging ich auf ihn zu. Als ich vor ihm stand, zog er mich an sich. Seine Wange lag an meiner. Ich spürte die Bartstoppeln seines Dreitagebarts.

»Warum so nervös? Du bist doch schon geübt …«, knurrte er mir ins Ohr.

»Lorenzo, bitte. Ich möchte das so nicht.«

Sofort löste er sich, nahm mein Kinn in seiner Hand und näherte sein Gesicht meinem.

»Was du möchtest, ist mir herzlich egal! Du bist meine Verlobte! Für Raul hast du die Beine breit gemacht und bei mir zierst du dich?«

Augenblicklich wandte ich mich ab. »Sprich nicht so mit mir.«

Wieder packte er mein Kinn, nur dieses Mal härter. Sodass es schmerzte. »Sei froh, dass ich überhaupt noch spreche! Und jetzt zieh dich aus!«

»Nein!«

Es reichte mir. Ich wusste, es würde ihn wütend machen, aber ich konnte nicht anders.

»Hast du gerade nein zu mir gesagt?«

Eine Gänsehaut überlief mich, als ich spürte, dass er kurz vor einem Ausbruch stand. Um nichts Falsches zu sagen, sagte ich einfach gar nichts. Ich keuchte erschrocken, als er mich hochnahm. Er warf mich aufs Bett und kam über mich.

»Lorenzo, hör auf!«

Ich versuchte, unter ihm hinwegzukommen, aber er schnappte sich meine Handgelenke und drückte sie in die Matratze, während seine Knie meine Beine spreizten.

»Lorenzo! Bist du völlig übergeschnappt?!«

Er sagte nichts. Wütend ließ er eins meiner Handgelenke los und machte sich an seiner Hose zu schaffen. Dann zog er meinen String beiseite und schon war er in mir.

Ein Schmerzeslaut entfuhr mir. Kurz sah er mich an, aber dann machte er weiter. Er war einfach nur wütend. Ich konnte es nachvollziehen, aber das rechtfertigte lange nicht das, was er gerade tat.

»Lorenzo!«, versuchte ich es wieder, aber er war unbarmherzig.

Immer stärker knallte er seinen Penis in mich hinein. Wie Raul war auch er gut bestückt. Was das Ganze noch schlimmer machte. Er dehnte mich auf eine schmerzvolle Weise, die nichts mit dem Sex mit Raul gemeinsam hatte. Es war nichts Liebevolles daran.

Immer wieder schrie ich, aber er hörte nicht auf. Er küsste mich auch nicht. Er wollte mich einfach nur nehmen, um mir zu zeigen, dass ich seine war. Dass er es mit mir machen konnte.

Dann näherte er sich mit dem Mund meinem Ohr. »Hat er dich auch so gefickt?! Hmm?! Ich werde diesen Bastard töten. Hast du verstanden?«

Tränen sammelten sich in meinen Augen. Wegen des Schmerzes, den ich kaum noch aushielt, aber vor allem wegen Raul. Er würde heute kommen. Ich wusste, wenn er es sagte, tat er es auch. Ich machte mir unglaubliche Sorgen, dass Lorenzo ihn sich schnappen könnte.

Dann kam Lorenzo zum Höhepunkt. Er zuckte noch ewig in mir und die Tränen liefen und liefen. Als er sich löste, tropfte das heiße Sperma aus mir heraus. Ohne mich anzusehen, stand er auf.

»Und das fandest du jetzt schön?«, fragte ich weinend.

Es dauerte kurz, bis er sich mir zuwandte. Er war dabei, seine Hose zu schließen und sein Hemd anzuziehen.

»Es gibt Schlimmeres«, sagte er. Dann verließ er das Zimmer.

Immer noch im Schockzustand drehte ich mich auf die Seite. Ich machte mir Sorgen, dass seine harten Stöße dem Baby geschadet haben könnten. Noch dazu fühlte ich mich einfach nur schmutzig. Die Art, wie er mich genommen hatte, war erniedrigend gewesen. Würde Raul mich hiernach überhaupt noch wollen?

Sechzehn Uhr kam sehr schnell. Ich hatte den Tag weinend im Bett verbracht. Dann ging ich ins Bad und holte das Handy.

Ich riss die Augen auf, als ich sah, dass ich jede Menge Nachrichten von Raul hatte. Meistens stand dasselbe drin:
„Melde dich" „Was ist da los?" „Geht es dir gut?"
Dann schrieb ich zurück. „Raul?"
Sofort war er zur Stelle.
„Verdammt, Giulia! Warum meldest du dich nicht?!"
„Du hast sechzehn Uhr gesagt."
„Wo warst du die ganze Zeit?"
„Ich habe im Bett gelegen."
„Mit ihm?"
Erneut kamen mir die Tränen. „Nein. Allein."
Kurz dauerte es, aber dann kam die nächste Nachricht.
„Hat er es getan?"
Dieses Mal brauchte ich kurz, um zu antworten. „Ja", sagte ich schließlich.

„Ihr hattet Sex?“, fragte er nochmal, vermutlich um ganz sicher zu gehen.

Die Angst, er könne denken, ich hätte freiwillig mit Lorenzo geschlafen, beschlich mich. Ich wollte keine Missverständnisse aufkommen lassen.

„Ich wollte es nicht, Raul. Ich habe versucht, mich zu wehren, aber ich habe es nicht geschafft.“

„Dieser verdammte Bastard! Eins sage ich dir, diesen Tag wird er nicht überleben.“

„Raul, ich will einfach nur hier weg. Ich wünsche ihm trotzdem nicht den Tod.“

Ich bildete mir ein, sein frustriertes Schnauben zu hören. Da er nicht schrieb, tat ich es. „Versteh mich bitte nicht falsch. Nach heute habe ich überhaupt keine Gefühle mehr für ihn. Er ist nicht einmal mehr ein Mann in meinen Augen, aber er ist nach wie vor ein Mensch, wenn auch kein Guter, und ich halte nichts von Mord.“

„Ich sehe es leider anders. Wir werden in ein paar Stunden dort sein. Es wird laut werden am Tor. Die Männer werden versuchen, sich Eintritt zu verschaffen, aber vor allem Lorenzos Leute abzulenken. Wenn du den Krach hörst, komm hinten in den Garten. Lauf am Brunnen vorbei bis zur hinteren Mauer. Wir werden dich holen.“

„Okay.“

„Ich muss jetzt Schluss machen. Bis gleich.“

Als ich bis gleich las, kribbelte es in mir. Es hörte sich nach einem ausgereiften Plan an. Die Hoffnung, dass ich bereits diese Nacht neben Raul verbringen würde, war groß.

Ruhelos ging ich im Zimmer umher, als die paar Stunden vergangen waren. Dann hörte ich den ersten Schuss und ging vorsichtig aus dem Raum. Wie befohlen ging ich um die Treppe herum nach hinten. Hin und wieder liefen

Männer an mir vorbei, Richtung vordere Seite. Ich ging in den Garten und am Brunnen vorbei. Es war düster. Die in mediterranen Farben gehaltene Mauer war um die zwei Meter hoch.

Mein Blick fuhr panisch von der Mauer zum Haus. Immer wieder befürchtete ich Männer oder noch schlimmer, Lorenzo auf mich zulaufen zu sehen. Als ich mich der Mauer zuwandte, traf mich fast der Schlag. Raul war neben mir heruntergesprungen. Rasch zog er mich hinter einen Baum und drückte mich daran. Ihn so dicht vor mir zu haben, ließ eine Gänsehaut über meinen Körper fahren. Er hatte nach wie vor Prellungen im Gesicht, war aber trotzdem noch schöner, als ich ihn in Erinnerung hatte.

»Immer noch nichts mit dem Zug nach Mailand?«, fragte er grinsend und ich musste lächeln.

Dann sah ich, wie sein Blick zu meinem Bauch fuhr. Kurz verharrte er da, dann sah er mir wieder in die Augen. Seine Hand fuhr in mein Haar. Sein Daumen streichelte meine Wange. Dann näherte er sich. Seine warmen, weichen Lippen machten mich ganz benommen, als er mich küsste. Kurz darauf löste er sich von mir und blickte um den Baum herum zum Haus.

»Wir müssen uns beeilen.«

Dann wandte er sich der Mauer zu, nahm das Handy und schrieb etwas. Sofort wurde eine Leiter hinuntergelassen.

»Steig hoch. Auf der anderen Seite ist ebenfalls eine. Die Männer brauche ich vorne. Zwanzig Meter nach rechts wartet ein Wagen auf dich.«

Es dauerte einen Augenblick, bis mir bewusst wurde, dass er nicht vorhatte, mitzukommen. Als ich es realisierte, packte ich seinen Arm.

»Was ist mit dir?«

»Ich komme gleich nach. Geh jetzt.«

Ich sah ihn seine Waffe ziehen. Entsetzt riss ich die Augen auf. »Nein!«

»Giulia. Geh!«

»Nicht ohne dich!«

Schnaubend nahm er mein Gesicht. »Mach jetzt bitte kein Theater. Mir fehlt die Zeit dazu. Ich werde gleich nachkommen.«

Der Moment der Unachtsamkeit hatte gereicht. Ich hörte den Schuss, zeitgleich ging Raul zu Boden.

Ein markerschütternder Schrei entfuhr mir. Sofort schossen mir Tränen in den Augen. Ich wollte mich bereits zu ihm beugen, als ich Lorenzos Stimme vernahm. Versteinert vor Schock stand ich da, während Lorenzo sich mit der Waffe in der Hand näherte. Zuerst richtete er sie auf mich.

»Geh weg von ihm«, raunte er mir zu. Als ich nicht gehorchte, wurde er lauter und richtete die Waffe auf Raul. »Geh zurück oder ich gebe ihm den Rest.«

Steif vor Angst ging ich ein paar Schritte nach hinten.

»Lorenzo, bitte«, flehte ich weinend. Mein Gesicht war bereits tränennass.

»Halt die Klappe«, sagte er, ohne mich anzusehen.

Raul wand sich vor Schmerzen. Erst da erkannte ich, dass er ihn an der Schulter getroffen hatte.

»Du verfluchter Mistkerl hast geglaubt, du könntest ungestraft meine Frau ficken?!« Mit aller Kraft trat er ihm in den Magen und ich zuckte zusammen.

Dann beugte er sich zu ihm. Die Waffe fest in der Hand.

»Du Hurensohn! Ich werde an dich denken, wenn ich es mit ihr treibe, während du tief in einem Erdloch schlummerst.«

Allein der Gedanke, Raul zu verlieren, brachte mich so zur Verzweiflung, dass ich lieber an seiner Stelle gestorben wäre. Doch dann riss ich mich zusammen. Ich musste etwas unternehmen. Lorenzo war noch nicht fertig damit, seine Hasstirade auf Raul loszulassen. Die Zeit musste ich nutzen. Erst da fiel mir auf, dass Raul beim Sturz seine Waffe fallengelassen haben musste. Verzweifelt fuhr mein Blick suchend über den Rasen. Dann sah ich sie. Sie war nicht weit entfernt.

Lorenzo drückte den Lauf seiner Waffe in Rauls Schläfe. Ich wusste, gleich wäre es vorbei.

Obwohl mir die Luft vor Angst fehlte, bückte ich mich hastig und hob Rauls Waffe auf. Es ging alles rasend schnell. Zitternd richtete ich sie auf Lorenzo. Unter normalen Umständen hätte ich niemals auf ihn geschossen, aber ich musste und ich tat es. Ich traf ihn am Hals. Er hob seine Hand an die Wunde und hielt sie darauf, während das Blut hervorspritzte. Sein Versuch zu atmen oder zu sprechen rief gurgelnde Geräusche hervor. Ein plötzlicher Ausdruck von Schock und Schmerz zeichnete sein Gesicht, während er zu Boden ging, unfähig, den Blutverlust zu stoppen. Trotz allem, was er getan hatte, hätte ich ihm niemals den Tod gewünscht, und nun hatte ausgerechnet ich ihm das Leben genommen. Das erkannte ich erst, als seine Augen starr nach oben blickten. Rauls Stöhnen zog mich ins Hier und Jetzt zurück. Sofort stürzte ich zu ihm. Er verlor jede Menge Blut. »Du musst sofort ins Krankenhaus«, rief ich panisch.

»Nimm mein Handy und ruf Armando an«, würgte er hervor.

Ich legte die Waffe hin und griff in seine Hosentasche.

»Steh auf!«, hörte ich eine Stimme raunen und zuckte zusammen. Es war Giorgio. Er kam hinter einem Baum hervor und richtete die Waffe auf mich.

»Steh auf, habe ich gesagt!« Zitternd tat ich es. »Und jetzt heb deine Waffe auf und wirf sie da hinten hin.« Mit dem Kopf zeigte er in eine Richtung.

Während ich es tat, zielte er auf Raul. »Eine komische Bewegung und ich schieße ihm das Hirn weg.«

Ich warf die Waffe weg und starrte wie versteinert auf den Mann, der Lorenzos Nummer drei in der Nachfolge gewesen war.

»Du warst das in Tunesien, nicht wahr?«, presste Raul heraus.

Mit stolzem Gesichtsausdruck wandte er sich Raul wieder zu. »Richtig. Lorenzo und Armando führten bereits wie erwartet Krieg. Das war nur ein weiterer Ansporn. Bestenfalls hätte ich dich gleich mit erledigt.«

Ich blickte zu Raul und sah, wie er kaum merklich die Augen aufriss. »Du hast die Drogen von Armandos Sohn gepuncht!«

Unvermittelt lachte Giorgio. »Nicht schlecht das Ganze, für eine Nummer drei, nicht wahr?«

Langsam fing ich an, zu begreifen, was los war. Giorgio hatte für den Tod von Armandos Sohn gesorgt, damit er weiter aufstieg, wenn Lorenzo sterben würde. Er wollte die Macht.

»Und nun werde ich euch gleich beide los. Genau wie geplant. Sogar besser als geplant.«

Raul lachte, obwohl das Husten ihn unterbrach. »Baby, ruf Armando an.«

Gespannt auf seine Reaktion sah ich zu Giorgio. Sofort richtete er die Waffe auf mich. Er wollte etwas sagen, kam aber nicht mehr dazu.

Wie ein Sack Kartoffeln ging er zu Boden, als Raul ihn mit Lorenzos Waffe traf. Unter Schmerzen richtete Raul sich auf und ging auf ihn zu. Ich lief zu ihm und stützte ihn.

Giorgio lebte noch. Raul hatte ihm in die Hand, in der er die Waffe hatte, geschossen.

Raul richtete die Waffe auf seinen Kopf. »Du warst nicht umsonst nur die Nummer Drei«, sagte er. Ohne von Giorgio wegzusehen, richtete Raul sich an mich. »Baby, es war kein Witz. Ruf Armando an.« Verwundert schnappte ich mir das Handy und wählte. Als Armando ranging, sagte ich ihm, dass Raul ihn sprechen wolle. Dann stellte ich auf Lautsprecher.

»Armando? Ich habe den Mörder deines Sohnes hier. Schick doch mal zwei Männer nach hinten, um ihn abzuholen.«

Armando war zuerst sprachlos. Als er gerne, sagte, hörte ich die Entschlossenheit und den Schmerz in seiner Stimme.

Dann legte ich auf. Raul hielt die Waffe immer noch auf Giorgio. »Ach und noch etwas, Nummer null. Vielen Dank für meine Frau.«

Giorgio hatte uns mit seinen Intrigen zueinander geführt. Aber was mich am meisten schockierte, war die Tatsache, dass er mich seine Frau nannte.

Überrascht blickte ich ihn an und wusste, er freute sich auf das Baby.

# Epilog



***Acht Monate später***

*Giulia*

»Ich hasse dich, Raul!«

Lachend kam er auf mich zu, aber mein Blick ließ ihn unvermittelt ein paar Schritte zurückweichen.

»Schatz, es wird dir gleich wieder besser gehen«, versuchte er mich zu ermuntern.

»Mir wird es erst wieder besser gehen, wenn ich dir den Kopf abgehackt … Nnnnggg!« Ein kehliger, verzweifelter Laut entwich meinen Lippen, während ich mich an den Bettpfosten klammerte.

»So ist es gut, pressen Sie.« Die ruhige Stimme des Arztes konnte mich auch nicht entspannen. Es fühlte sich an, als würde mein Körper entzweigerissen.

Ein rohes Aaaaahhh! kam aus der Tiefe meiner Lunge. Dann fühlte es sich an, als würde der starke Druck aus mir herausflutschen. Augenblicklich entspannte ich mich.

Ein durchdringendes Wäääh! Wäääh! erfüllte den Raum und mir schossen sofort die Tränen in die Augen.

»Dein Temperament, Schatz«, witzelte Raul und dieses Mal entfuhr mir ein erschöpftes Lachen.

Der Arzt legte das Baby in ein Tuch, nachdem er die Nabelschnur durchtrennt hatte, und reichte es Raul. »Herzlichen Glückwunsch. Das ist Ihr Sohn.«

Ohne den Blick von ihm zu nehmen, kam er zu mir und setzte sich auf den Stuhl am Bett. Ich hätte den Kleinen am liebsten sofort gehalten, aber ich sah Raul an und wartete.

Zum ersten Mal, seit ich ihn kannte, sah ich Tränen in seinen Augen. Er war ganz still geworden. Er blickte das kleine Baby an, als würde er nicht glauben, dass es echt wäre.

Augenblicklich schossen Bilder von uns beiden in meinen Kopf. In der Sandoase unter dem Sternehimmel mit Walids Flasche in der Hand. In Algerien auf dem Markt auf der Suche nach Unterwäsche. An der Tankstelle. Ich in der Ecke, während er am Pissoir stand. Dann sah ich uns im Bett, als er mir von seiner Kindheit erzählt hatte, und im Nachhinein war ich froh darüber, dass ich Lorenzo begegnet war, denn er hatte mich zu Raul geführt.

Die Tür ging auf und ich hörte das Geräusch von Pfoten auf dem Linoleumboden. Hunde waren im Krankenhaus natürlich nicht erlaubt, aber Armando war immer sehr überzeugend.

»Wo ist mein Enkelkind«, rief er, noch bevor er uns ganz erreichte.

Lächelnd blickte ich zu Raul, der die Augen verdrehte.

»Darf ich ihn selbst erstmal halten?«

Armando hatte Raul mittlerweile adoptiert. Er war jetzt sein Vater. Der alte Mann wollte keine Zweifel an seinem Erbe hinterlassen. Wie Vater und Sohn zankten sie sich ständig, aber ich wusste, wie sehr sie sich mochten.

Raul war ein anderer Mensch, seit Armando in unser Leben getreten war. Er war immer noch der Harte, berüchtigte Killer, aber zuhause kam er zur Ruhe und er hatte mir versprochen, nur dann zu töten, wenn derjenige es wirklich verdient hatte.

Mein Blick fuhr erneut zu ihm. Mein starker, wunderschöner Mann.

Als er meinen Blick bemerkte, lächelte er mich an. Er brauchte nichts zu sagen. Wie immer verständigten wir uns wortlos.

*„Ich liebe euch und werde euch immer beschützen"*, sagten seine Augen. Dann gab er mir einen Kuss.

»Es ist schön, dass du nicht mehr besessen bist, Schatz«, sagte er mit hochgezogenem Mundwinkel.

Spielerisch wollte ich seinen Oberarm schlagen, aber er fing mein Handgelenk im Flug auf, zog meine Hand heran und küsste sie.

ENDE

# Danksagung

Wieder geht ein Abenteuer zu Ende. Herzlich bedanken möchte ich mich bei meinen Testlesern: Martina Frei, Kerstin Gangl, Andrea Schmalberger, Margit Steiner und noch dazu bei meiner Schwester Marie-Lu´. Sie liest nicht nur vorab meine Bücher, sie bombardiert mich auch gerne mit Kritik. Das macht sie in allen Lebenslagen, aber ich liebe sie trotzdem, und zwar sehr! Ich bedanke mich bei der Autorin Marina Prokopp, mit der ich gefühlt hunderte Nachrichten pro Tag wechsle. Bei LAB Buchdesign für das tolle Cover. Aber vor allem bei euch Leser. Ohne euch würde ich meinen Traum nicht leben können. Ich hoffe, ihr werdet mich noch eine ganze Weile begleiten.

# Weitere Bücher der Autorin:

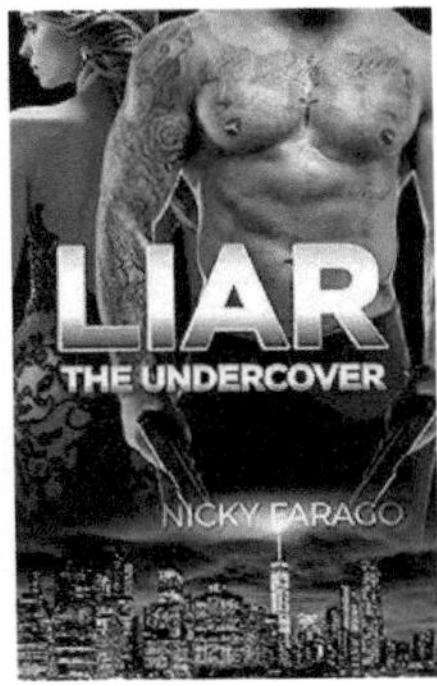

# Liar
## The Undercover

Christines Leben ändert sich schlagartig, als sie eines Nachts einem Mann folgt. Kurz darauf verliert sie ihren Job, ihre Wohnung und sogar ihren eigenen Namen. Sie gerät in eine Männerwelt voller Spannungen, Drogengeschäfte und Schießereien. Drei Dinge werden von ihr erwartet: das stille Anhängsel zu spielen, Agent Dane zu gehorchen und den Sohn des Mafiabosses auf Abstand zu halten. Leider gelingt ihr keines davon.

# Prinzen der Mafia

## Der Rächer

Nach dem Tod des gefürchteten Mafioso Tony De Luca ist es Connors Pflicht, sich um dessen Tochter Sofia zu kümmern, sie vor Gefahren zu bewahren und ihr als rechte Hand zur Seite zu stehen. Keine leichte Aufgabe, denn in Connors Augen ist die verwöhnte Prinzessin alles andere als geeignet, um sie anzuführen. Noch dazu ist das Mädchen eine betörende Frau geworden, die den abgebrühten Consigliere an seine Grenzen bringt.

Als Dante Barone, der Anführer einer anderen mächtigen Familie seinen versprochenen Anspruch auf Sofia erhebt und auf baldige Vermählung drängt, erwachen gefährliche Gefühle in Connor. Gefühle, die nicht sein dürfen, denn Sofia ist nicht nur tabu für ihn, das Absagen der Hochzeit würde noch dazu Krieg bedeuten...